미쿠 지음
Miku
일러스트 U35
Umiko
진화의 열매
9
모르는 사이
성공한 인생

헬렌 로자
F반
“너, 너무
빤히 보지 마……
죽인다?!”

레이첼
마당
F반

이레네
프라임

F반

"훗…… 꽤 재미있는 의상이네요.
저를 빛내는 데 한몫 거들고 있어요."

플로라
레드란트
F반
“이거 괜찮은 거야?!”

"세, 세이이치 구우우우
우우우우우우우우우운!"
히이라기
세이이치
인간
칸나즈키
카렌
前 학생회장
"세이짜아아아아아아아
아아아아아아아아앙!"
세토
아이리
갸루

진화의 열매
9
모르는 사이
성공한 인생

Miku 지음
미쿠
Umiko
U35
일러스트
송재희
옮김

Contents

학원제에 관해

"—학원제입니다."

『학원제?』

이튿날 아침, 홈룸 시간에 베아트리스 씨가 그렇게 말했다.

"네, 학원제입니다. 학원장님이 최근 학원 내의 분위기를 보고, 조금이라도 밝아지길 바라며 학원제를 열게 되었습니다."

"학원제라면…… 수업이 없다는 거죠?!"

"그렇게 되죠."

"앗싸아아아아아아아!"

아그노스가 주먹을 치켜들고 전력으로 기뻐했다.

"흥…… 학원제 같은 걸 할 여유가 있나? 【마신교단】이란 녀석들이 또 습격해 올지도 몰라."

"어엉? 모처럼 즐거운 행사를 여는데 찬물 끼얹지 마!"

"바보냐. 찬물을 끼얹은 게 아니라 사실을 말했을 뿐인데?"

"하지만~ 세이이치 선생님이 있으니까~ 괜찮지 않을까요~?"

"……그것도 그러네."

"납득하지 말아줄래?!"

레이첼의 말에 브루드가 순순히 수긍했다. 아니, 납득할 수 없는 이유잖아?!

나도 모르게 깜짝 놀랐지만, 머리 아프다는 듯 이마를 짚은 헬렌이 입을 열었다.

"걸어 다니는 비상식(非常識)인 당신이 말해 봤자 소용없어……."

"걸어 다니는 비상식?! 비상식이라고 할 정도야?!"

"비상식이잖아? 던전을 날려 버린 데다가 또 새로운 사람을 데려왔고."

"그랬지!"

"에헤헤헤…… 여러분, 잘 부탁드려요."

던전에서 돌아와 조라를 어떻게 할지 상담한 결과, 사리아처럼 학생으로 지내게 되었다.

그걸 F반 학생들에게 보고한 결과가 헬렌의 말이었다. 부정하고 싶어도 부정할 수 없는 사실이 쌓여 가는 건 왜지?!

뭐, 내 정신적 대미지는 차치하고…… 머리카락이 뱀인 데다가, 안경으로 봉인할 수 있다지만 석화의 눈이 있는 조라를 학생들이 얼마나 받아들여 줄지 불안했다. 그래도 다들 신경 쓰지 않고 받아들여줘서 정말로 다행이다.

"솔직히 놀랐어요. 세이이치 선생님이 안경에 관해 물어보셨을 때는 대체 뭐에 쓰려는 건가 싶었지만…… 설마 이런 형태로 남을 돕는 물건에 쓸 줄이야."

"나 알아냈어! 세이이치 선생님이 왜 인기가 많은지…….

비상식이 되면 돼!"
"그 생각은 이상해."
"맞아요. 이성을 매료하려면 아름다우면 돼요."
"그, 그것도 아닌 것 같은데…… 아, 말대답해서 죄송합니다!"
다들 마구 말했다. 아니, 베아트리스 씨는 솔직한 칭찬이었지만. ……칭찬이지? 죄다 의심하게 된다.
"어쨌든 학원제를 열게 되었으니 뭘 할지 생각해야 해요. 의견 있나요?"
『으음…….』
베아트리스 씨의 말에 다들 일제히 침음을 흘렸다.
"어라? 뭔가 학원제의 정석 같은 거 없어?"
이세계에 학원제라는 개념이 있다면 뭔가 정석이 있을 줄 알았는데…….
내 의문을 듣고 플로라가 쓴웃음을 지으며 가르쳐 줬다.
"아냐아냐, 선생님. 없지는 않지만, 기본적으로 학원제라고 하면 연극이 정석이야."
"연극? 그럼 우리도 뭔가 연극을 하면 되는 거 아니야?"
"그렇게 간단한 얘기도 아니야. 다른 반이 우리에게 무대를 빌려주진 않을 테니까."
"뭐……?"
설마 근본적으로 연극조차 시켜주지 않을 줄은 몰랐다.
그럼 대체 어쩌나 고민하고 있으니 플로라가 뭔가를 떠올렸는지 내게 물었다.

"아, 세이이치 선생님! 선생님은 원래 다른 세계 사람인 거지?"

"어? 응, 그렇지."

"그럼 세이이치 선생님의 고향에서 학원제는 어떤 느낌이었어?"

"내가 살던 곳의 학원제인가……. 음, 연극도 물론 했지만, 그 외에는 음식 판매라든가, 귀신의 집 등 교실을 개조하는 이벤트, 그리고 정석은 코스프레 카페지."

『코스프레 카페?』

생소한 말인지 다들 고개를 갸웃했다.

"코스프레 카페라는 건…… 알기 쉽게 말하자면 집사나 메이드 차림을 하고서 접객하는 카페야. ……생각해 보니 우리 반은 다들 미남 미녀니까 나쁜 의견은 아닌 것 같아."

"미, 미녀라니……."

"형님! 저도 미남인가요?!"

"무슨 소리야! 미남은 나지!"

"너야말로 무슨 소리야?!"

내 말에 헬렌은 얼굴을 붉혔고 아그노스는 흥분했다. 플로라는 미남이라기보다 미소녀지. 미남이라고 해도 좋지만.

"카페인가……. 의견 자체는 나쁘지 않지만, 요리는 누가 해?"

베어드가 그렇게 불쑥 말한 순간, 헬렌이 표정을 굳혔다.

"그, 그건 할 줄 아는 사람이 하면 되지 않아?"

"그런가…… 요리할 줄 아는 사람?"

베어드의 물음에 헬렌과 조라, 그리고 루루네를 제외한 여성 전원이 손을 들었다.

"어? 헬렌, 너 요리 못 해?!"

"시, 시끄러워! 못 해도 딱히 문제없었어! 그러는 아그노스 너도 손 안 들었잖아!"

"아니, 먹을 걸 만들 수는 있는데, 카페 요리 같은 근사한 건 못 만드니까……."

"뭐?!"

예상치 못한 답변에 헬렌이 굳었다.

조라는 줄곧 봉인되어 있었으니까 이해가 가고, 루루네는 논외지만…… 헬렌이 요리를 못 하는 건 의외였다.

아니, 근데…….

"은근슬쩍 손들고 있는데, 참가하려고?"

"안 되나요?"

"그치만 할 일이 없는걸."

어째선지 루이에스와 루티아도 손을 들고 있었다. 원래 이 자리에 없을 터인 분들인데 말이죠? 평범하게 학원제를 즐길 생각이 가득하잖아.

뭐, 이왕 하는 거, 여럿이서 즐기는 게 좋다고 생각하지만.

"그보다 카페를 하는 흐름이 된 것 같은데…… 괜찮은 거야?"

"괜찮지 않을까요? 코스프레 카페라면 저의 아름다움도 마음껏 발휘할 수 있을 테고요."

"어, 으음…… 저도 괜찮을 것 같아요."

별로 자기 의견을 말하지 않는 레온도 찬성했고, 다른 학생들도 반대하지 않는 것 같아서 코스프레 카페를 하게 되었다.

의견이 정리된 것을 보고 베아트리스 씨가 말했다.

"자세한 일정 등은 아직 정해지지 않았지만, 이 틈에 의상이나 메뉴를 생각하는 게 좋겠죠. 그리고 요리 담당은 교대제가 될 테니, 요리할 줄 아는 사람들의 실력을 한번 보는 것도 좋을 것 같아요."

"오오! 역시 베아트리스 누님! 공부 안 하고 먹기만 하면 된다니…… 최고예요!"

베아트리스 씨는 아그노스의 솔직한 말을 듣고 쓴웃음을 지었다.

"저로서는 공부도 즐겁게 해 줬으면 하지만…… 뭐, 좋아요. 그보다 학원장님이 바라시는 것처럼 『즐기기』 위해서도 여러분이 멋지게 만들어 주세요."

베아트리스 씨가 그렇게 홈룸 시간을 마무리하려고 했지만, 어째선지 학생들은 서로 얼굴을 마주 보았다.

"베아트리스 누님, 무슨 말을 하는 건가요?"

"네?"

“맞아요~ 베아트리스 선생님도 참가하셔야죠~.”

“엇…… 네에에에에에?! 그, 그런…….”

기대에 찬 시선을 받고 베아트리스 씨가 깜짝 놀랐다.

“그럼 안 되지, 베아트리스 선생님! 선생님도 우리랑 같이 그 뭐냐, 코스프레? 라는 걸 하는 거야!”

“어어, 그, 그 말은…….”

플로라의 말에 베아트리스 씨가 말을 잇지 못했다.

그런 베아트리스 씨를 보고 플로라는 씩 웃었다.

“물론 선생님도 메이드복을 입어 줘야겠어!”

“아, 아아아안 돼요! 저는 여러분의 감독으로서—.”

“그건 안 되지, 베아트리스 누님! 학원장님도 『즐기기』 위해 학원제를 연다고 했으니까 베아트리스 누님도 참가해야 하지 않겠어?”

“뭐, 포기해.”

“으에에에에에에에?!”

베아트리스 씨를 중심으로 즐겁게 떠드는 모두를 보니 마음이 따뜻해졌다.

……지구의 고등학교에서도 친근한 선생님에게는 저렇게 학생들이 모였었지.

선생님들도 나를 싫어했기에 나는 언제나 보는 쪽이었지만…… 어라? 눈물이 난다.

내가 떠올려 놓고서 눈물을 흘리고 있자니 플로라가 내게 말을 걸어왔다.

"세이이치 선생님! 뭔가 혼자만 관계없다는 느낌인데, 선생님도 참가야."

"어?"

"물론 루이에스 씨와 루티아 씨도 참가지만, 알트리아 선생님도 강제 참가니까!"

설마 나도 참가시킬 줄은 몰랐기에 얼떨떨해지고 말았다.

……학원제인가……. 예전엔 따돌림 당했었고, 순수한 기분으로 즐긴 적은 없지만…….

그렇게 생각하면서 모두를 보니, 다들 웃으며 나를 보고 있었다.

이번 학원제는…… 나도 즐겨도 되는 걸까?

이세계에 와서 처음으로 나는 학원제를 즐길 수 있을지도 모른다. 그렇게 생각했다.

◆ ◇ ◆

F반이 학원제에 관해 이야기하고 있을 무렵—.

"헉?! 세이이치 군이 집사가 된다고?!"

"네?"

"아, 아니, 아무것도 아니야."

"네, 네에…… 아무튼 학원제라고 했나요?"

“그래. 아무래도 이 학원에서 학원제를 여는 것 같은데, 우리 용사도 한 학급으로 참가해도 된다고 했어. 그런고로 뭔가 의견이 있다면 듣고 싶어.”

용사들 사이에서도 학원제 이야기가 나오고 있었다.

중심이 되어 진행 역을 맡은 사람은 학생회장이기도 했던 칸나즈키 카렌이었고, 그 근처에는 타카미야 남매와 아라키 켄지 등 세이이치의 소꿉친구들이 있었다.

칸나즈키의 말을 들은 다른 용사들의 반응은 좋지 않았다.

“하, 학원제라니…….”

“그런 걸 할 때인가……?”

“집에 가고 싶어…….”

용사들은 이세계에 와서 자신의 강함을 믿어 의심치 않았지만, 지난번 【마신교단】의 습격으로 자신의 무력함을 통감하고 이제 와서 무서워진 것이다.

그리고 멋대로 폭주한 결과, 세계에 의해 죽을 뻔한 한 사람— 키사라기 마사야가 아이돌의 반짝임이 사라진 상처투성이의 얼굴로 소리를 질러 댔다.

“우리를 바보로 아는 거야?! 내가 이렇게 크게 다쳤다고! 그런데 학원제?! 웃기는 것도 적당히 해!”

“키사라기…….”

여유로웠던 예전과 달리 머리를 쥐어뜯는 키사라기에게 칸나즈키는 연민의 시선을 보냈다.

"이딴 세계, 이제 싫어! 얼른 돌려보내 줘! 지구라면……
일본이라면 나는 안 진다고……!"

키사라기를 포함해 용사가 됐다며 거만하게 굴던 자들이 현실에서 도망치듯 추하게 외쳤다.

하지만 그건 이루어지지 않을 말이었다.

용사들은 지구에 돌아갈 수단을 가지고 있지 않았다.

그리고 아직 칸나즈키만 알고 있지만, 용사들은 【예속의 팔찌】 때문에 도망칠 수 없었다.

그들은 이제 본인의 힘으로는 어떻게도 할 수 없는 상태였다.

만약 이 세계가 어떤 『인간』을 위해 움직인다면— 지구에 돌아갈 수단이 있었을지도 모르지만, 어떤 『인간』의 과거를 안 세계가 그런 상냥한 일을 해 줄 리가 없었다.

마음이 피폐해진 용사들을 보고 칸나즈키는 한숨을 쉬었다.

"하아…… 이 역할도 이제 그만두고 싶어……."

"칸나즈키 선배……."

쇼타를 포함해 칸나즈키의 고생을 아는 소꿉친구들은 걱정하는 시선을 보냈다.

그 시선을 받고 칸나즈키는 한 가지 결심을 했다.

"……좋은 기회야. 실은 너희에게 보여 주고 싶은 사람이 있어."

"네?"

갑자기 칸나즈키가 밝은 목소리로 말해서 쇼타 일행은 곤혹스러워했다.

그걸 보고 칸나즈키는 더 짙게 웃었다.

시식회

"그럼 카페 메뉴를 만들어 볼까요."

『네~.』

학원제 때 뭘 할지 정한 우리는 베아트리스 씨의 제안으로 요리 시작품을 만들게 되었다.

그래서 요리하기 위해 가사실습실에 왔지만…….

"이 학원의 가사실습실에 처음 와 봤는데 지구랑 똑같구나."

놀랍게도 싱크대와 가스레인지 등이 갖춰져 있어서, 어떤 원리인지는 모르겠지만 지구의 주방과 큰 차이가 없었다.

아마 왕도컵에서 쓰였던 카메라처럼 신기한 마법의 힘일 것이다. 정말로 마법은 대단하다.

"우와~! 세이이치, 싱크대가 넓어! 숲속에서 요리했을 때보다 더 좋은 걸 만들 수 있을 것 같아!"

"수, 숲속?!"

사리아가 아무렇지도 않게 한 말에 아그노스가 놀라서 눈을 크게 떴다.

생각해 보니 이렇게 훌륭한 주방조차 없었던 그 숲에서 그런 고퀄 요리를 만든 사리아의 스펙은 엄청났다.

"네, 잡담은 멈춰 주세요. 그럼 바로 여러분의 실력도 확인할 겸 요리를 만들었으면 하는데…… 음, 이 가사실습실에는 식자재도 많이 있고, 여러분이 상상하는 카페 메뉴를 만들기로 할까요."

"베, 베아트리스 선생님…… 그거…… 요, 요리를 못 하는 나도 해야 해……?"

드물게도 헬렌이 당황한 모습을 보였지만, 베아트리스 씨는 멋지게 웃으며 단언했다.

"네!"

"……헬렌, 포기해."

"맞아. 뭐, 더럽게 맛없는 요리여도 아무도 신경 안—."

"시끄러워!"

"으헉?! 어, 어째서…… 그저 위로한 거잖아……."

헬렌의 날카로운 주먹이 아그노스의 배에 꽂혔고, 아그노스는 그대로 쓰러졌다.

아그노스, 그런 건 위로라고 안 해…….

시작하기 전에 한바탕 말썽이 있었지만, 헬렌도 마지못해 요리에 착수했다.

그리고 몇 분 지나지도 않았음에도 명백한 차이가 나기 시작했다.

"완벽한 저는 완벽한 요리를 만들겠어요."

이레네는 그렇게 말하며 딱 봐도 일반적이지 않은 희한한 조리 기구와 조미료를 써서 궁전에서 나올 법한 요리를 만들었다.

"카페니까~ 케이크가 좋겠죠~."

레이첼은 생글생글 웃으며 즐겁게 케이크를 만들었다.

"괜찮게 만들어졌어! ……사, 살짝 먹어 봐도 되겠지……?"

플로라는 자기가 만든 팬케이크를 먹기 시작했다. 응, 플로라는 요리할 줄 알아도 주방에 들일 수 없겠다.

"이대로 먹어도…… 우물우물…… 맛있어……. 요리할…… 우물우물…… 필요는…… 우물우물…… 없지 않아?"

루루네, 논외.

각자 개성적으로 요리하는 가운데, 사리아는—.

"세이이치, 애정 듬뿍 담을 테니까, 확실하게 먹어 줘."

어째선지 앞치마를 한 고릴라가 되어 있었다.

"어째서?! 왜 인간 모습으로 요리하지 않는 거야?!"

"응? 이 모습이 더, 섬세한 작업, 할 수 있으니까."

"그 두꺼운 손가락으로?!"

이상하잖아! 명백하게 고릴라의 손가락이 더 두껍잖아! 왜 인간일 때보다 더 손재주가 좋은 거야?!

"아이참, 앞치마 한 내 모습이 귀엽다지만…… 쑥스러워하지 않아도 되는데."

"방금 어디에 쑥스러워할 요소가 있었죠?!"

고릴라의 알몸 와이셔츠도 임팩트가 강했지만, 고릴라의

교복 앞치마 모습도 굉장해!

그래도 사리아가 만드는 케이크와 샌드위치는 전부 맛있어 보였다. 역시 대단하다.

모두의 요리를 보고 있으니 순식간에 시간이 흘러 마침내 시식하게 되었다.

이번에 먹는 사람은 여섯 명. 나, 베아트리스 씨, 오리가, 조라, 그리고 루티아와 루이에스였다.

루티아와 루이에스도 행사에 참가한다고 했지만, 뭐, 요리 정도는 학생끼리 만드는 편이 좋을 테니까 제외했다.

"그럼 남성진의 요리부터 먹어 보죠."

베아트리스 씨를 따라 우리는 남학생들의 요리부터 먹게 되었다.

먼저 아그노스의 요리인데…….

"아주 와일드한 요리네……."

아그노스가 만든 요리는 구운 고기를 조금 멋 내서 담은 것이었다. 이걸 요리라고 해도 될지 모르겠다.

평범하게 맛있었지만, 카페 메뉴로 어울리지는 않았다.

이어서 등장한 것은 브루드의 요리였는데, 영국의 애프터눈 티 세트 같은 매우 근사한 요리였다.

"흥. 그거라면 카페에 어울리겠지."

"이건…… 굉장하네요."

"왕도의 맛집에 있을 법한 수준이에요."

"우리나라의 귀족에게 먹여도 통할 수준이야."

"우와아아! 이렇게 맛있는 음식이 있군요!"

"……응, 맛있어."

베아트리스 씨뿐만 아니라 다른 사람들도 브루드의 요리를 절찬했다. 응, 브루드는 틀림없이 주방 담당이 될 거다. 하지만 브루드는 잘생겼으니까 가능하면 접객도 해줬으면 싶고…… 뭐, 교대제로 돌리면 문제없겠지.

다음은 베어드의 요리였는데, 지극히 평범한 식빵과 계란 프라이 세트가 나왔다. 맛도 문제없고, 베어드도 주방 담당으로 괜찮을 것 같다.

마지막으로 레온이 제출한 요리는 파스타였다.

"저, 저 같은 게 만든 요리여도 괜찮을까요……? 아, 죄, 죄송합니다! 말대꾸하지 않고 만들겠습니다!"

성격이야 어찌 됐든 파스타는 맛있고, 레온도 주방 담당으로 괜찮겠지.

결국 아그노스를 제외하고 다들 요리를 담당할 수 있다는 걸 알았다. 아니, 아그노스도 확실히 배우면 제대로 된 요리를 만들 수 있을 것 같지만.

예상보다 더 남성진이 우수한 가운데, 마침내 여성진의 요리를 먹게 되었다.

"자, 완벽한 저의 완벽한 요리를 드셔 보세요!"

"오, 오오……."

이레네가 제출한 요리는…… 내 이해를 넘어서 있었다.
이건 뭐지. 이 얇고 바삭바삭한 갈색 녀석은 뭐야? 심지어 왜 나선형인 거야?
이 초록색 소스는 또 뭐고? 처음 보는 요리지만 굉장히 근사하게 담겨 있고, 전부 고급 레스토랑에서 먹을 법한 것들뿐이었다.
맛있긴 한데 무슨 맛인지 모르겠다. 어? 뭐야, 이거. 무서워.
서민 입맛을 가진 나는 이레네의 요리가 얼마나 대단한지 알 수 없었다.
하지만 반대로 늘 맛있는 요리를 먹었을 루이에스와 루티아는 신음했다.
"이건…… 훌륭하네요……."
"응…… 성에서 나오는 요리와 비교해도 손색이 없을 것 같아……."
"당연하죠. 손익 계산을 도외시한 초고급 식자재를 저의 완벽한 기술로 조리했으니까요."
"손익 계산을 도외시해선 안 됩니다. 그러니 불합격."
"어라?!"
베아트리스 씨의 한마디에 이레네는 불합격이 되었다. 응, 손익 계산 도외시는 아웃이지. 가게로서 성립이 안 되잖아.
"저는~ 케이크를 만들어 봤어요~."
이어서 등장한 것은 레이첼이 만든 쇼트케이크였고, 심플

하지만 확실하게 맛있었다. 응, 이건 채용이겠지.

레이첼의 채용이 만장일치로 결정되고 이번에는 플로라 차례가 되었다.

"저기…… 정신 차리고 보니 사라져 버려서……."

"맛있었어?"

"네!"

"불합격."

"어라아아아아아아?!"

「어라~?」 같은 소리 하네. 게다가 정신 차리고 보니 사라져 버렸다는 건 거짓말이다. 확실하게 보고 있었다.

"주인님! 저는—."

"네, 다음~."

"주인님?!"

요리하지 않은 것을 알기에 루루네는 완전히 무시했다.

그러자 인간으로 돌아온 사리아가 웃으며 요리를 제출했다.

"짠! 나는 오므라이스를 만들었어!"

사리아가 만든 것은 몽글몽글하면서도 촉촉한 반숙란으로 만든 오므라이스였다.

심지어 케첩으로 정성껏 하트까지 그려져 있었다.

"으음~! 맛있네요!"

"……응. 사리아 언니의 요리, 맛있어."

사리아의 요리 실력을 알고 있었지만, 역시 사리아의 요리는 각별했다. 고릴라였을 때 어떻게 이런 요리 기술을 익혔는지 여전히 수수께끼다.

조라와 오리가뿐만 아니라 베아트리스 씨도 불평 없이 절찬했기에 사리아도 무사히 조리 담당으로 임명되었다.

그리고 마지막으로 등장한 헬렌의 요리는—.

"……자, 완성했어."

—접시였다.

"요리는?!"

"날아갔어."

"날아갔다니?!"

어떤 조리를 한 거죠?!

나뿐만 아니라 베아트리스 씨까지 미묘한 표정을 짓고 있으니 헬렌은 바싹 다가와 접시 일부분을 가리켰다.

"하지만 잘 보면 여기에 남아 있어!"

"네?"

"봐, 여기!"

헬렌이 가리킨 곳에는 눈에 힘을 줘야 보이는 까만 알갱이가 딱 하나 올려져 있었다.

"저기…… 이건……?"

"내 요리의 찌꺼기야."

"찌꺼기를 먹이려고 하지 말아 줄래?!"

요리조차 아니잖아!

예상보다 더 처참한 요리 실력을 보고 베아트리스 씨는 쓴웃음을 지으며 어떻게든 말을 짜냈다.

"으음…… 사람에게는 저마다 소질이 있으니, 헬렌 양은 요리를 나르거나 주문을 받는 쪽으로 가죠! 괜찮아요! 요리를 못 해도 살아갈 수 있어요!"

"……네."

에둘러서 절망적이라는 말을 들은 헬렌은 조용히 울었다. 선생님, 그 위로가 결정타가 됐어요.

결국 조리 담당이 된 것은 다섯 명, 브루드, 베어드, 레온, 레이첼, 그리고 사리아였다.

예상치 못한……

"그럼 어느 정도 메뉴는 정해졌으니 이걸로—."

"잠깐만."

"응?"

모두가 만든 요리를 먹고 조리 담당과 메뉴를 가볍게 정했을 때, 갑자기 헬렌이 진행을 막았다.

헬렌은 나를 가리키고서 당당히 말했다.

"세이이치 선생님…… 당신도 요리해 줘."

"어? ……뭐어어어?!"

예상치 못한 발언에 깜짝 놀랐다. 아니, 내가 요리라니…….

"그렇잖아? 어린 오리가와 요리를 모르는 조라 씨는 별개로 치고, 베아트리스 선생님과 루이에스 씨, 그리고 루티아 씨는 요리를 할 줄 아니까 괜찮지만, 세이이치 선생님은 어떤데?"

"어, 으음…… 나도 요리한 적 없으니까 내가 요리할 필요는……."

"나도 요리 못 한다고 말했었지?"

"아, 네."

거부한다는 선택지는 내게 남아 있지 않았다. 젠장.

"하지만…… 먹거리 종류는 어느 정도 다 나왔단 말이지."

완전한 요리 초보인 내게 공들인 요리는 불가능하고…… 애초에 아는 레시피도 없다.

"아, 햄버그스테이크라면 그나마 만들 수 있어."

예전에 수업으로 만든 햄버그스테이크만큼은 대충 레시피를 기억하고 있으니 아마도 만들 수 있을 것이다.

그렇게 생각한 나는 일단 재료를 준비하고서 만들어 보기로 했고—.

『스킬 【요리】를 습득했습니다.』

아직 요리조차 안 했는데요?!

예상보다 준비성이 좋은 몸에 놀라면서도 마음을 다잡고 요리를 시작했다.

"으음…… 다진 고기를 반죽한 다음에는 분명 공기를 빼는 작업이 필요했지?"

조금 납작하게 만든 고기 반죽을 한 손에 들고 반대쪽 손으로 가볍게 던졌다.

투콰아아아아아아앙!

"……."

『…….』

내 손에는 아무것도 안 남아 있었다.

어째서어어어어어어!

아까 『요리』 스킬을 습득했잖아?! 응?!

이 비참한 결말은 뭐야?! 헬렌 이상으로 흔적도 안 남았어! 손에 고기의 감촉이 하나도 안 남아 있어! 오히려 굉장하지 않아?! 뻔뻔하게 굴지 않으면 버틸 수가 없어!

침묵의 시간이 흐르는 가운데, 재차 내 머릿속에서 안내 방송이 나왔다.

『……【요리】 스킬을 진화시켜 【요리 철인】 스킬로 변경했습니다.』

안내 방송까지 나를 신경 써 주고 있어어어어어어어?!

설마 이렇게까지 너무한 결과가 나올 줄 몰랐던 나는 아무 일도 없었던 것처럼 조리를 재개했다.

그러자 이번에는 고기 반죽이 사라지는 사태가 벌어지지 않고 깔끔하게 공기를 뺄 수 있었다.

"응, 잘 빠졌네!"

"아까 그게 없었던 일이 되지는 않아."

"그렇겠죠~."

헬렌의 날카로운 지적에 그렇게 대답할 수밖에 없었다.

하지만 그 후에는 특별히 아무 말씽도 없었고, 더욱 진화한 스킬…… 【요리 철인】의 효과로 어떤 순서로 조리하면 되는지 알게 돼서 더 수월하게 진행할 수 있었다.

"완성했어."

『오오……!』

어떻게든 소스도 만들어서 예쁘게 그릇에 담아 모두에게 햄버그스테이크를 가져갔다.

일단 다들 먹을 수 있게 인원수에 맞춰 만들었고, 루루네를 위해 만든 예비도 준비되어 있었다.

"제, 제법이잖아. 이렇게 만들 수 있으면서 왜 그런 비참한 일이……."

"그 이상 말하면 내 마음이 죽으니까 묻지 말아 줘."

그건 불행한 사고였다!

어쨌든 한 입 먹어 보면 그 실패는 지울 수 있을 것이다.

미리 확인해 봤을 때 그만큼 맛있었다.

"그럼 바로 세이이치 씨의 요리를 먹어 보죠."

베아트리스 씨가 그렇게 말하고서 내 햄버그스테이크를 먹으려고 했을 때—.

"세이이치 군이 만든 요리이이이이이이이이이이이이이이이이!!"

"엥? 히이이이이이이이이이익?!"

갑자기 가사실습실의 문이 벌컥 열리더니 긴 흑발 여성이 바닥을 기어 들어왔다.

"맨 처음 먹는 건 나야아아아아아아아아아아아아아아!!!"

"누구세요오오오오오오오?!"

링의 사다코와 테케테케[#1]를 합친 듯한 엄청나게 무서운 여성이 루루네를 위해 남겨 둔 햄버그스테이크에 달려들더

#1 테케테케 하반신이 없어서 상반신만으로 빠르게 돌아다닌다는 귀신.

니 그대로 먹어 치웠다.

"아아…… 최고야…… 이제 죽어도 좋아……."

"아아아아아! 내 햄버그스테이크가아아아!"

확실히 루루네에게 줄 예정이었지만.

나는 루루네의 비명을 들으며 갑자기 나타난 난입자를 보았고, 그 존재가 잘 아는 인물임을 깨달았다.

"어……? 칸나즈키 선배?!"

"그렇고말고! 너의 칸나즈키 카렌이야!"

"믿고 싶지 않아!"

까맣고 반들반들한 그 녀석이나 요괴 빰치는 방식으로 기어서 들어온 인물이 바로 존경하는 선배라고 누가 인정할 수 있을까. 적어도 내가 다니던 고등학교의 학생은 아무도 믿지 않을 거다.

아니, 그보다도…….

"어, 어째서 여기에?"

"응? 아아, 그건—."

칸나즈키 선배가 거기까지 말한 순간이었다.

"칸나즈키 선배가 저렇게 기분 나쁘게 움직이는 거 처음 봤어……."

"다른 녀석들한테는 절대 못 보여 줄 모습이야……."

"아니, 다른 녀석들도 그렇지만, 세이이치한테는 더더욱 보여 줄 수 없어."

"그러게……."

새로운 인물들이 가사실습실에 줄줄이 들어왔다.

F반 학생들이 다들 깜짝 놀랐지만 나는 더 놀랐다.

"어……? 어째서 쇼타가……?"

"내가 데려왔어."

"왜 그랬어요오오오오오오?!"

내 목소리가 가사실습실에 울려 퍼졌다.

혼돈의 가사실습실

"잠깐, 잠깐, 잠깐……!"

마음의 준비고 뭐고 전혀 되지 않은 상태로 갑자기 친구들을 만난 나는 허둥지둥 칸나즈키 선배를 끌고 실습실 구석으로 이동했다.

"당신 무슨 생각을 하는 거예요?!"

"세이이치 군…… 너는 대담하구나. ……내 입으로 그 말을 듣고 싶어 하다니……."

"진짜로 무슨 생각을 하는 거예요?!"

"……어쩔 수 없지. 가르쳐 줄게. 모두가 보는 앞에서 나를 끌고 와 단둘이 되었으니 이대로【삐—】나【삐—】를 해도 되지 않을까? 하는 생각을……."

"그런 걸 물어본 게 아니야아아아아아아아아아!"

심지어 내용이 예상보다 더 심했다! 이 사람, 이제 싫어.

"타이밍이란 게 있잖아요! 친구들과 우리 반 학생들의 얼굴을 좀 보세요! 완전 곤혹스러워하고 있잖아! 알잖아요?! 적어도 지금은 아니야!"

"하하하하하. 나는 세이이치 군과 만나서 기뻐."

"이제 뭐가 뭔지 모르겠어! 어쨌든 감사합니다?!"

칸나즈키 선배의 상태가 엉망진창이라 일일이 태클을 걸 수 없을 정도지만, 그래도 순수하게 만나서 기쁘다고 해주니 기분이 나쁘진 않았기에 무심코 고맙다고 말해 버렸다.

그런 우리의 모습을 미심쩍다는 눈으로 보던 쇼타가 말했다.

"칸나즈키 선배…… 정말로 어떻게 된 거예요? 그 녀석은 분명 교내 대항전 때 F반의 벤치에 있던 녀석인데…… 아는 사이에요?"

"무슨 소릴 하는 거야? 세이이치 군이잖아."

"……네?"

『예?!』

"Oh…… 이 사람 진짜 저질렀어……."

내게 마음의 준비를 할 시간 따위 주지 않고 칸나즈키 선배는 차례차례 폭탄을 투하했다. 아니, 빨리 만나서 팔찌를 풀어야 한다는 건 알지만…… 지금까지 피해 왔던 만큼 여러모로…… 그렇잖아?

"아니아니아니, 칸나즈키 선배? 확실히 세이이치를 못 만나서 쓸쓸한 건 이해하지만, 생판 남을 세이이치로 삼는 건 역시 좀……."

"뭐?! 이걸 보고서도 세이이치 군이 아니라고 할 거야?!"

칸나즈키 선배가 그렇게 말하며 내 후드를 벗겨서 얼굴이 드러났다. 마음의 준비를 할 시간 좀 달라고요…….

"아니, 다른 사람이잖아요?!"

"역시 그렇게 반응하겠지."

알고 있었다……. 『진화의 열매』를 먹어서 외모가 완전히 바뀐 나를 못 알아보리라는 것 정도는 알고 있었다…….

외모가 바뀌었는데도 나라는 걸 알아챈 칸나즈키 선배가 이상한 거다……! 아이링도 그랬지만!

"—불렀습까?!"

"안 불렀어어어어어어어어어어어어어어어어!"

진짜 어떻게 된 거야?! S급 모험가도 변태라고 생각했지만, 못지않은 변태가 지구에도 있는 건 좀 그렇지 않아?!

나도 모르게 소리치며 태클을 걸었으나 아이링은 확실하게 가사실습실에 왔다. 정말로 뭐야? 내 몸으로도 습득하지 못한 특수한 스킬이라도 가지고 있는 거야?

아이링을 따라 아이링의 친구들도 가사실습실에 왔다.

"아이리! 갑자기 뛰어간다 싶더니……."

"하아…… 하아…… 진짜 최악이야……. 왜 이렇게 뛰어야 해?"

"아이리, 최소한 설명 좀."

"세이짱을 만나야 할 것 같았습다!"

"그건 설명조차 안 돼."

쇼타네처럼 아이링에게 휘둘려서 온 것 같았다.

아무튼 완전히 꿔다 놓은 보릿자루가 되었던 F반 멤버 중에서 베아트리스 씨가 정신을 차리고 입을 열었다.

“저기…… 다들 무슨 일로……?”

“예? 아, 아아…… 소란을 피워서 죄송합니다. 거기 있는 여성…… 뭐, 우리 용사 그룹의 리더 같은 사람인데, 그 사람이 갑자기 『세이이치 군이 만든 요리?!』라고 외치더니 조금 표현하기 어려운 움직임으로 돌격해서…….”

“아아, 확실히 세이이치 선생님이 요리를 만든 참이었어요. 그나저나 용케 알았네요?”

“네……?”

베아트리스 씨의 말을 듣고 쇼타뿐만 아니라 켄지까지 다시 굳었다.

“어, 어어……. 방금 정말로 세이이치라고 하셨나요……?”

“그렇다잖아. 뭐야? 저 여자와 마찬가지로 세이이치 선생님이랑 아는 사이 아니야? 왜 얼굴을 못 알아봐?”

『…….』

쇼타 일행이 말없이 내 얼굴을 응시했다.

“세, 세이이치입니다…….”

『…….』

재차 침묵.

그리고—.

『뭐어어어어어어어어어어어어어어어어어어?!!』

오늘 나왔던 것 중에서 가장 큰 절규가 가사실습실에 울려 퍼졌다.

◆ ◇ ◆

"역시 이해가 안 되잖아?! 뭘 어떻게 해서 이 학원의 F반 담임이 된 거야?!"

어떻게든 친구들을 진정시킨 나는 【끝없는 비애의 숲】에서 현재에 이르기까지의 경위를 이야기했다.

베아트리스 씨와 학생들에게도 처음 이야기하는 내용이 대부분이었기에 다들 진지하게 들어 줬지만, 그 결과가 조금 전 쇼타가 한 말이었다.

"미안, 세이이치 오빠. 나도 역시 믿을 수가 없어……."

"미우마저……."

쇼타의 동생인 미우도 진지한 얼굴로 그렇게 말했다.

"최고의 촉감이었던 그 말랑말랑한 배가 사라지다니……!"

"……응?"

뭔가 예상치 못한 말을 들은 것 같지만…… 기, 기분 탓이겠지.

"그나저나 정말로 변했네, 세이이치 군. 전혀 눈치채지 못했어."

"응응. 이 모습이라면 이제 아무도 무시하지 않을 거야~."

"맞아. 오히려 세이이치가 무시할 수 있겠지……."

쇼타의 여자 친구인 에리와 켄지의 여자 친구인 리카, 그리고 켄지가 그렇게 말했다.

그런 친구들의 모습을 보고 헬렌이 어이없어하며 물었다.

"세이이치 선생님…… 당신 뭘 한 거야?"

"응? 다, 다이어트……?"

『그건 아니야!』

친구들 전원이 부정했다. 어째서.

그러자 가만히 상황을 지켜보던 사리아가 눈을 빛냈다.

"세이이치의 소꿉친구…… 옛날에 어땠는지 궁금해~."

"으음…… 그 아이는……?"

그러고 보니 【끝없는 비애의 숲】에서 서바이벌 생활을 했다는 건 말했지만 사리아에 관해서는 제대로 설명하지 않았다. 말하려면 되게 길어지고.

의아한 표정을 지은 쇼타에게 사리아가 활짝 웃으며 대답했다.

"사리아예요! 세이이치의 아내예요!"

또다시 폭탄이 투하됐다.

사정을 아는 칸나즈키 선배와 아이링 그룹은 특별히 아무런 반응도 보이지 않았지만, 오늘 처음 만난 쇼타네의 충격은 상당했는지 넋이 나간 모습이었다.

"어? 아니, 잠깐만. 아내…… 아내애애애애?!"

"어떻게 된 거야?! 세이이치 오빠! 여자 친구도 아니고 아내라니?!"

"어이어이…… 우리가 모르는 데서 얼마나 일을 벌인 거야……."

"아…… 그게…… 이걸 어떻게 설명해야 하지……."

뭐부터 이야기해야 할까? 사리아가 고릴라라는 거?

"잠깐, 세이이치. 너…… 확실히 지금까지 있었던 일을 대략 이야기해 줬겠지만, 이것저것 중대한 부분은 말 안 했지?!"

"어이어이…… 내가 그런 짓을 할 리가 없잖아?"

"방금 중대 발표를 들은 참인데?!"

그랬지, 참.

"너…… 확실히 처음에 우리 용사 그룹에 네가 없었을 때는 걱정했어. 하지만 이전에도 너는 이러니저러니 유쾌하게 극복해 왔으니까 이 세계에서도 살아있을 거라고 믿었어. 믿었지만…… 역시 예상을 너무 많이 벗어났어!"

"하하, 진정해."

내 탓이지만.

어떻게든 친구들을 달래고 있으니 갑자기 루루네가 내 옆으로 나와서 가슴을 쭉 폈다.

"음. 아까 주인님의 이야기 속에 나오진 않았지만, 나는 사리아 님과 세이이치 님의 종복인 루루네다."

추가로 폭탄을 투하하는 걸 넘어 아예 전부 날려 버렸다.

결국 루루네의 발언을 계기로 이세계에 온 뒤 내가 어떻게 행동했는지 꼬치꼬치 파헤쳐졌고, 여기에는 없는 알은 물론이고, 오리가, 루이에스, 루티아 이야기로도 이어져서 더욱 큰 혼란이 가사실습실을 덮치지만…… 그건 또 다른 얘기다. 가사실습실에서 벌어진 일이라는 게 웃긴단 말이지.

용사들의 현황

"됐다."

"정말로 풀어졌어……."

어떻게든 혼돈에서 빠져나온 후, 진지한 이야기로 넘어가서 친구들의 팔찌에 관해 설명하게 되었다.

혼돈의 원인이 된 내 이야기를 먼저 한 덕분에, 팔찌의 효과가 위장되어 있다는 것과 내가 팔찌를 풀 수 있다는 것을 친구들은 믿어 줬고, 방금 눈앞에서 모두의 팔찌를 풀어 준 참이었다.

"그나저나……『예속의 팔찌』인가……. 확실히 차고 나서 뺄 수 없다고 생각하긴 했지만, 그렇게 흉흉한 물건이었을 줄이야……."

"역시 카이젤 제국은 믿을 수 없어……."

쇼타가 팔을 매만지면서 중얼거리자 에리도 표정을 흐리며 그렇게 말했다.

그 말에 가장 충격을 받은 사람은— 브루드였다.

"설마 아바마마가……."

"아…… 브루드 군은 관계없잖아? 그러니까 브루드 군이 그렇게 마음 쓰지 않아도…….”

“……아니, 설령 아바마마가 한 짓이어도 내가 카이젤 제국의 황족이란 건 변함없어. 정말로 미안하다…….”

브루드는 그렇게 말하고서 쇼타 일행을 향해 머리를 숙였다.

그 광경에 나는 물론이고 다른 사람들도 말을 잇지 못하고 있으니 아그노스가 어이없다는 얼굴로 브루드의 머리를 때렸다.

“이 멍청아.”

“윽……?! 왜 때려! 바보냐?!”

“바보는 너겠지! 왜 부모의 잘못을 자식인 네가 사과해?”

“그야 우리 아버지가…….”

“그 생각이 이상하다고. 황족인 것도 관계없어. 너는 너고 아빠는 아빠잖아? 그런 건 나도 아는 사실이야.”

아그노스의 말은 제삼자이기에 할 수 있는 객관적인 말이었고 매우 무겁게 느껴졌다.

“그걸 동일시하면 안 되지. 딱히 네가 용사한테 나쁜 짓을 한 건 아니잖아? 그걸 네가 사과하면 아빠의 죄가 너의 죄가 되어 버려. 그런 바보 같은 얘기가 어딨냐? 애초에 용사가 너나 너희 아빠나 똑같다고 생각한다면 그 용사도 나쁜 놈이야.”

“……맞아. 우리가 이렇게 된 원인은 카이젤 제국과 너의 아버지이고, 거기에 아무런 관계도 없는 너를 끌어들인다면 우리도 카이젤 제국과 똑같아지는 거야."

칸나즈키 선배도 아그노스의 말에 작게 웃고서 그렇게 말했다.

그 말을 듣고 얼떨떨해하던 브루드는 이내 평소처럼 자신감 넘치는 미소를 지었다.

"훗…… 내가 이런 바보 멍청이에게 설교를 듣다니……."

"좋은 말 해 줬는데 왜 바보 취급해?! 어엉?!"

"착각하지 마. 칭찬하는 거야."

"나, 난 또 뭐라고. 그러면 그렇다고 말을— 아니, 칭찬이 아니잖아?!"

정말로 너희는 사이가 좋구나.

어두웠던 분위기가 가시자 쇼타가 침음을 흘렸다.

"그나저나…… 우리는 세이이치 덕분에 해방된 거지? 앞으로 어쩔 거야?"

"아…… 확실히 그러네. 이 팔찌가 없으면 카이젤 제국에 돌아갔을 때 의심받을 테고……."

"……그러고 보니 칸나즈키 선배는 왜 팔찌를 차고 있어? 세이이치가 풀어 주지 않았어?"

켄지가 당연한 의문을 꺼내자 어째선지 칸나즈키 선배는 가슴을 쭉 펴더니 아이링에게 도발적인 시선을 보냈다.

"궁금해? 우후후…… 어쩔 수 없지! 그럼 가르쳐 줄게! 먼저 세이이치 군이 **처음으로** 예속의 팔찌를 부숴 준 상대는 나야!"

"뭐, 뭐라고요?!"

"그뿐만이 아니야. 팔찌를 부순 후 세이이치 군의 손으로 다시 장착함으로써, 나는 명실상부 세이이치 군의 것이 됐어!"

"당신 무슨 소릴 하는 거야……!"

확실히 그랬지만! 그런 식으로 말하면 안 되지! 심지어 왜 그렇게 기뻐 보이는 거야?!

"그, 그건 치사함다! 저도! 제 것도 부수고 세이짱이 다시 채워 줬으면 좋겠슴다! 그리고 저도 세이짱의 소유물이 될 검다!"

"치사하다니 뭐가?! 게다가 무슨 말을 하는 거야!"

정말로 칸나즈키 선배와 아이링의 이런 일면은 알고 싶지 않았다! 동경하던 사람인 채로 있었다면 좋았을 텐데!

내가 머리를 싸매고 있자 쇼타가 진지한 얼굴로 중얼거렸다.

"……그런가. 세이이치가 다시 채워 주면 명령권은 세이이치한테 넘어가는 건가……."

"그게 무슨 소리야?!"

쇼타도?! 쇼타도 바보가 된 거야?!

엄청난 얼굴로 쇼타를 보자 쇼타는 황급히 정정했다.

"응? 아, 아니야! 칸나즈키 선배 같은 생각은 조금도 없어! 굳이 세이이치가 아니더라도 믿을 수 있는 사람이 다시 채우면 들키지 않겠다고 생각한 거야."

"흠…… 그럼 내가 채우기로 할까."

"네?"

칸나즈키 선배가 아까와는 달리 진지한 얼굴로 그렇게 말했다. 계속 이대로 있으면 좋겠다.

"내가 채워도 문제없다면 그렇게 하겠어. 내가 채우는 게 불안하다면 두 명씩 짝을 이루고 서로 채워서 제어하면 되겠지. 어때?"

정말로 왜 변태가 된 거죠?

바로 의견을 제안하는 칸나즈키 선배를 보고 진심으로 그렇게 생각했다.

그러자 친구들은 가볍게 이야기를 나눈 후 답을 냈다.

"음…… 저희는 딱히 칸나즈키 선배가 채워 줘도 상관없어요. 부탁드려도 될까요?"

"그래, 맡도록 할게. 세토 양은 어쩔 거지?"

"저는 세이짱한테 채워 달라고 할 검다!"

"그러니까 왜?!"

"아…… 아이리는 몰라도, 우리는 서로 채울 거니까 신경 쓰지 않아도 돼."

"뭐, 우리는 쭉 같이 있으니까."

"그게 나을 것 같아."

"그렇군…… 그럼 세토 양도 얌전히 친구들과 서로 팔찌를 채워 주도록 해. 세이이치 군의 노예는 나 혼자면 충분해."

부탁이에요, 칸나즈키 선배. 내숭 떠는 건 의외로 중요해요. 끝까지 떨어 주세요.

"절대 싫습다! 그런고로…… 에잇!"

"응? 아!"

"아아아아아아아아아아아아아아아아아아아아아아아?!"

멍하니 있다가 아이링에게 손을 잡혔고, 그대로 아이링의 팔에 팔찌를 채우고 말았다.

그 광경을 본 칸나즈키 선배가 절규했다.

"에헤헤…… 이로써 저도 세이짱 검다!"

"세토오오오오오오오오오! 네, 네가 없었다면 나만이 세이이치 군의 노예였는데에에에에에에에에에에?!"

"무서워, 무서워, 무서워, 무서워!"

피눈물을 흘리며 원통해하는 칸나즈키 선배를 보고 나는 진심으로 질겁했다. 아니, 나뿐만 아니라 다들 질겁했다. 나만 그런 게 아니라서 다행이야.

분위기가 엉망진창이 된 가운데, 리카가 문득 의문을 꺼냈다.

"그러고 보니…… 세이이치 군네 반은 왜 가사실습실에 있었던 거야~? 가정 수업?"

"어? 아아, 그건 아니야. 이번에 학원제가 열린다잖아? 우리 반은 코스프레 카페를 하게 됐고, 그래서 메뉴도 생각할 겸 다들 얼마나 요리를 할 수 있는지 조사하기 위해 여기서 조리 중이었어."

『코스프레 카페?!』

내 말을 듣고 친구들의 눈이 휘둥그레졌다.

"어이어이…… 얼마 전의 습격으로 다들 마음이 복잡한 상태인데, 세이이치네 반은 벌써 학원제를 생각하는 건가……."

"아, 잠깐만, 오빠! 그때 습격자를 쓰러뜨린 사람……."

"응? ……너였냐아아아아아아아아아아아?!"

여태까지 후드를 쓰고 있었기에 나인 줄 몰랐던 친구들은 【마신교단】의 습격자를 쓰러뜨린 녀석이 나라는 것도 몰랐던 모양이다. 나는 쓰러뜨렸다는 생각이 안 들지만…….

"세이이치, 못 본 사이에 무척 강해졌구나."

"그, 그런가? 켄지도 진지하게 복싱을 계속했고, 그런 의미에서 보면……."

"아냐, 나는 그때 무서워서 움직이지 못했어. ……정말로 한심해. 원래는 조금이라도 세이이치를 위해서 강해지려고 했었는데, 지금은 세이이치가 더 세다니……."

울보였던 켄지가 복싱을 시작한 이유를 나는 몰랐었다.

확실히 당시에는 의아하게 여겼었지만, 그렇게 생각해 줬었구나…….

"굉장하네, 세이이치 군. 우리 용사 멤버에 없어서 걱정했지만, 지금은 세이이치 군이 더 강한걸."

"응응. 세이이치 오빠는 변함없이 예상을 너무 벗어나."

"어, 어어?"

"……당신, 다른 세계에서도 비상식이었어?"

"생트집이야!"

헬렌에게 그렇게 말했지만 전혀 믿어 주지 않았다. 나 울어 버린다?

코스프레 카페 이야기에서 다른 길로 크게 샜다고 생각하고 있으니 갑자기 칸나즈키 선배가 눈을 빛내며 나를 보았다.

"세, 세이이치 군도 코스프레를 하는 거야?!"

"뭐…… 그렇죠."

"비키니를 입는 거구나?!"

"비키니?!"

비키니라니 무슨 소리죠?! 맨 처음 떠올리는 선택지가 왜 그거인데?!

내게 바싹 다가오는 칸나즈키 선배 때문에 곤란해하고 있으니 아이링이 옆에서 선배를 밀쳤다.

"방해됩다!"

"으엑?!"

"칸나즈키 선배?!"

"세이짱! 카페라면 세이짱이 직접 만든 요리도 있슴까?!"

"그, 글쎄? 아까 모두에게 내가 만든 요리의 시식을 부탁하려 했을 때 칸나즈키 선배가 와서……."

"이미 다 만들었슴까?!"

"하하하하하! 아쉽게 됐어, 세토 양! 세이이치 군이 만든 요리는 내가 먹어 버렸어!"

밀쳐졌을 터인 칸나즈키 선배가 벌떡 일어나 의기양양한 표정으로 말했다.

"뭐라고요?! 세이짱, 어떻게 된 겁까?! 어째서 제가 먹을 건 준비하지 않은 겁까?!"

"엄청나게 부당한 비난이잖아!"

칸나즈키 선배도 어째선지 자랑하고 있지만, 그건 원래 루루네를 위해 만든 거다. 더 먹을 것이 없어진 루루네는 아까부터 매우 풀이 죽어 있었다.

나는 부당한 불만을 늘어놓는 아이링을 떼어 놓고서 쇼타에게 궁금한 점을 물었다.

"저, 저기. 우리가 벌써 학원제 준비를 한다며 놀랐는데, 너희나 다른 용사들은 아무것도 안 해?"

"아아…… 그게 말이지……."

"……다들 요전번 습격으로 완전히 마음이 꺾여 버렸어."

"뭐? 마음이 꺾였다고?"

나는 무심코 반문하고 말았다.

"카이젤 제국이 처음 우리를 소환했을 때, 학생들은 이야기 속의 용사가 될 수 있다며 매우 기뻐했어. 게다가 듣자 하니 우리는 이 세계 사람들보다 강하다는 것 같고……."

"뭐?"

용사가 이 세계 사람들보다 강하다고?

나는 무심코 F반 학생들과 루이에스를 보았다.

…….

"뭐?"

"그 반응을 보고 전부 헤아렸어……."

아니, 그치만…… 그렇잖아?

지금 용사들의 스테이터스나 레벨이 몇인지는 모르겠지만, 아무리 발버둥 치더라도 길드 본부 사람들이나 루이에스를 이길 미래가 보이지 않는다. 물론 내가 평범하게 용사로 소환됐더라도 마찬가지다.

그건가? 성장하면 이길 수 있나?

그리고 얘기가 복잡해질 것 같아서 말하지 않을 거지만, 이곳에는 마왕의 딸인 루티아도 있었다.

"아무튼 우리는 강하다는 말을 듣고 병사에게 단련 받았어. 하지만 그 훈련 내용이 대부분 검 휘두르기나 모의전이었고, 실전으로 레벨을 올리지 못해서…… 참다못한 학생들이 나라에 항의한 결과, 이렇게 학원에 보내진 거야."

"허어."

뭐야, 그거. 부럽잖아.

사리아와 알과 만날 수 있었기에 이제는 후회도 없지만, 만약 그런 게 아니었다면 나도 그렇게 안전한 훈련을 받고 싶었다.

아무것도 없는 그 숲에서, 나도 좋아서 목숨을 걸었던 게 아니다! 몇 번이나 죽을 뻔했고 말이지!

예상보다 용사들을 더 아껴 준 것 같은데도 실전을 원하다니 별난 녀석들이다. 실전이라니 무섭잖아. 심지어 아프고.

안전하게 훈련할 수 있는 환경을 버리다니 제법…… 용기가 있나? 잘 모르겠다.

"실제로 이 학원에 왔더니 우리보다 강한 녀석은 별로 없었어. 그래서 용사들이 거만해지게 됐지만…… 그 자신감이 부서진 거야. 지금은 대부분 집에 가고 싶다고 하는데…… 팔찌도 그렇고, 절망적이겠지."

"뭐……?"

나는 반대로 지구에 있을 때 나보다 강한 사람 천지였으니 말이지.

용사들은 뭔가를 뺏긴 것도 아닌데 좌절했나……. 어렵다.

"그럼 다들 집에 가고 싶어 해서 학원제를 할 상황이 아닌 거야?"

"그렇지."

"저기…… 일단 다른 반들은 뭘 할지 정하기 시작했다고 들었는데요……."

"어? 그런가요?"

"네. 역시 학원제니까요. ……다 같이 즐기고 싶잖아요."

베아트리스 씨의 정보가 사실이라면 다른 반 학생들은 용사들과 달리 이미 앞을 보기 시작한 것이다.

……문화 차이라고 할까, 치안의 차이도 있겠지만 이렇게 씩씩한 사람이 많은 이 세계 사람보다 우리 지구인이 강하다는 건 어불성설이다.

"참가를 안 할 수 있나? 베아트리스 씨가 말한 대로 모처럼 열리는 학원제인데."

"맞아! 확실히 그때는 무서웠지만, 즐길 때는 힘껏 즐겨야지!"

내가 동의를 구하듯 사리아를 보자 사리아는 웃으며 고개를 끄덕였다. 맞아, 맞아. 죽은 것도 아니고, 상대가 자신보다 강하다면 어쩔 도리도 없잖아?

……아, 나는 일단 죽었던가.

내 반응을 본 친구들은 한순간 눈을 크게 떴다가 이내 쓴웃음을 지었다.

"그런 부분은 여전하구나."

"그런가……? 뭐, 좋아. 하지만 뭔가 하지 않으면 정말로 용사들만 아무것도 안 하게 될걸?"

"……그렇지. 어려울지도 모르지만 다시 한번 다 같이 이야기해 봐야겠어."

"그게 좋을 것 같아요."

칸나즈키 선배의 말에 나는 고개를 끄덕였다. 뭐, 진지 모드인 칸나즈키 선배라면 어떻게든 되겠지.

"세이짱! 자, 저를 위해 한 번 더 요리하는 겁다!"

"주인님! 저도! 저를 위해서도 부탁드려요!"

……아이링, 아직도 그 소리 하고 있었구나.

변함없는 그녀

"칸나즈키 선배와 아이링은 왜 그렇게 된 걸까……."

가사실습실에서 친구들과 충격적으로 재회하게 됐지만, 그 후 칸나즈키 선배가 한 번 더 용사들과 학원제에 관해 이야기해 보겠다고 해서 헤어졌다.

그래도 당초 목적이었던 친구들의 팔찌를 풀어 주게 돼서 일단 안심이었다.

학원제가 있다고는 하지만 아직 학생들은 시험도 끝내지 못한 상태였다.

그렇기에 베아트리스 씨가 공부를 가르치고 있었고, 나는 지금 그 수업에서 쓸 교재를 가지러 가는 중이었다.

"아직 이 학원을 제대로 파악하지 못했지만, 분명 이쪽이었지?"

평소 안 가는 곳에 교재를 뒀다고 해서 약간 불안해하면서도 이동하고 있을 때였다.

"—! —!"

"응?"

어디선가 언쟁하는 여성의 목소리가 들렸다.

"대체 뭐지……?"

내용은 알아들을 수 없었지만 온화한 상황이 아니라는 건 알 수 있었다.

……이쪽이군.

목소리가 들리는 쪽으로 일단 가 보니 점점 인적이 없어졌다. 그렇게 도착한 곳은 계단 밑에 있는 빈 공간으로, 정말로 눈에 띄지 않는 곳이었다.

이런 곳에서 뭘 하고 있는 거지……?

여하튼 말을 걸려고 들여다보니—.

"야, 방해하지 말아 줄래? 우리는 거기 있는 계집애한테 볼일이 있는데."

"무슨 볼일? 그렇게 폭력을 행사하는 게 너희가 말하는 볼일이야?"

"그렇다고 한다면? 너하고는 상관없잖아?"

"상관없다니…… 가만있을 수 없잖아! 짜증이 나는 건 이해하지만, 다른 아이한테 화풀이하면 안 되지!"

"뭐? 진짜 열받네. 너 뭐야?"

"좀 예쁘게 생겼다고 뭐라도 되는 줄 아나 봐?"

"……애들아! 그냥 얘도 패 버리자."

"……그거 좋네. 여기서 밟아서 우리의 노예로 만들자."

"읏?!"

그곳에는 세 여학생에게 둘러싸여 벽에 몰린— 히노 요코

가 있었다.

히노 뒤에는 겁에 질린 여학생이 한 명 더 있었다. 아무래도 히노가 세 사람으로부터 여학생을 지키고 있는 것 같았다.

그 광경을 보니 예전이 생각났다.

……히노는 변함없구나. 그리고 그 사실이 무척 기뻤다.

지구에서는 도움받기만 했었지만, 지금의 나라면…….

"저기, 뭐 하는 거야?"

"엉?"

세 여학생에게 말을 걸자 그중 한 명이 언짢아하며 돌아보았다. 인상 험악해!

"당신 누구야?"

"나는 이 학원의 교사—."

"아, 그래? 관심 없으니까 짜져 있어 줄래?"

네가 물어봐 놓고 그건 아니지! 여자는 무서워!

"그럴 수는 없어. 이거, 어떻게 봐도 문제가 있는 장면이잖아?"

"……그래서? 그게 당신이랑 무슨 상관인데?"

"그보다 우리가 누군지 알고서 말하는 거야?"

아니, 몰라. 초면인데요?

"고작 학원의 교사 따위가 우리 용사를 방해하지 마."

"맞아, 맞아. 알았으면 꺼져."

금세 내게 흥미를 잃은 세 여학생은 다시 히노에게 시선을 되돌렸다.

그리고 전혀 망설이지 않고 팔을 치켜들었다.

"윽!"

"어이어이, 폭력은 그만둬."

"뭐야?! 이거 봐! 기분 나쁘다고!"

"그 말은 상처받는데요?!"

볼일 보고 나서 확실하게 손 씻었고, 딱히 더러운 걸 만지지도 않았어! 애먼 트집이다.

한 여학생의 팔을 잡아서 말리자 여학생들은 일제히 나와 거리를 두고 사납게 노려보았다.

"이거 성희롱 고소감 아니야? 진짜 최악이야."

"아, 아까 그 장면 사진 찍어 둘걸."

"뭐, 좋아. 지금부터 이 녀석을 협박할 수 있는 사진을 찍으면 되니까."

"Oh……."

어? 여자는 원래 이렇게 무서운 생물이야? 아니면 단순히 내가 칸나즈키 선배랑 아이링 때문에 마비됐던 건가?

……아니, 애초에 그 둘은 다른 생물이지 않을까.

"우리 용사를 거역한 벌이야. 이제 당신은 거부권은커녕 인권도 없어."

"처음 만난 사람한테도 인권을 뺏기는 건가……."

이젠 이렇게 내 의견이 통하지 않는 것에 익숙해져서 괜찮지만. 역시 안 괜찮아.

"먼저 이 녀석을 밟아 주고 나서 너도 똑같이 만들어 줄게."

"읏!"

나 같은 건 이미 안중에 없는 여학생이 히노를 보았고, 그 시선을 받은 히노는 몸을 긴장시켰다.

"그럼 잠깐 주무셔……!"

어쩜 이렇게 폭력적일까.

여학생은 전혀 망설이지 않고 내 안면을 향해 주먹을 휘둘렀다.

그걸 보고 나는…….

"으악?!"

"어?! 아, 어, 어째서?!"

"우와…… 가차 없네……."

평범하게 피했다.

그 결과, 내가 도망치지 못하도록 뒤에 서있던 다른 여학생의 안면에 주먹이 꽂혔고, 그대로 요란하게 날아갔다.

"저 애, 친구 아니야? 방금 무진장 아파 보였는데……."

"개, 개자식이이이이이이이!"

"—너 이게 무슨 짓이야아아아아아아!"

그러자 날아간 여학생이 코피를 흘리며 일어나 자신을 때린 여학생에게 무시무시한 얼굴로 따져 들었다.

"이, 일부러 그런 게 아니라—."

"하아?! 그딴 건 상관없어! 내 얼굴을 때리다니…… 으랴아!"

"으엑?!"

아까 날아갔던 여학생이 이번에는 자신을 때린 여학생을 때렸다.

아까처럼 여학생이 세차게 날아갔다. 전부 여학생이라고 하니까 헷갈리네.

좋아. 처음에 때린 아이를 여학생A, 맞은 아이를 여학생B, 그리고 방관 중인 아이를 여학생C라고 하자. 완벽해.

여학생A와 B는 나와 히노를 내버려 두고서 자기들끼리 싸우기 시작했다.

"나는 네가 줄곧 마음에 안 들었어! 왜 네가 대장처럼 구는데!"

"시끄러워! 나도 너 따위 진짜 싫어! 죽어 버려!"

어어…… 입이 험해……. 이제 내숭 떨 여유조차 없나 보다…….

눈앞에서 벌어지는 여학생A와 B의 싸움을 보고 내가 질겁하고 있으니 여학생C가 안절부절못하며 말리려고 했다.

"두, 둘 다 그만해! 우리끼리 싸울 필요는—."

"어엉?! 넌 또 뭐라고 지껄이는 거야!"

"으윽?!"

정말로 가차 없네?!

방관하던 여학생 C까지 그대로 싸움에 휘말려서 나와 히노는 곤혹스러워졌다.

으음…….

"일단 이쪽으로 와."

"네?! 아, 네……."

격렬하게 치고받는 여학생들을 뭐라 형용할 수 없는 얼굴로 바라보는 한편, 히노와 또 다른 여학생이 그 옆을 지나쳐 내 쪽으로 왔다.

"이제 괜찮겠지. 이 틈에 가."

"가, 감사합니다! 저기…… 너도 도와줘서 정말로 고마워!"

"어? 아…… 처, 천만에! 당연한 일을 했을 뿐이야!"

히노가 감싸주었던 여학생은 몇 번이나 고개를 숙인 후 바로 자리를 떴다.

"너는 안 가?"

하지만 어째선지 히노는 그 자리에 남았다.

"어어…… 저 아이들은 저랑 같은 반이라서…… 어떻게든 말릴 수 없을까요?"

조금 전에 자신을 때리려고 한 상대까지 걱정하다니…… 굉장하네.

하지만 이 싸움을 말리는 건…… 무리다. 무서워.

이렇게 된 건 내 탓인가? 하지만 안 피하면 얻어맞잖아! 내 뒤에 여학생B가 있었던 건 완전히 불의의 사고다.

이것저것 해결법을 생각하다가 나는 무심코 말하고 말았다.

"하아…… 이럴 때 칸나즈키 선배가 있으면 잘 수습될 것 같은데……."

"—불렀어?!"

"—어디서 솟아난 거야아아아아아아아아아아아?!"

"어?! 하, 학생회장?!"

놀랍게도 칸나즈키 선배가 나타났다. 내가 말했지만 어떻게 된 건지 모르겠어! 조금 전까지 여기 없었잖아! 진짜 어디서 솟아난 거야?!

갑자기 나타난 칸나즈키 선배를 보고 히노도 똑같이 놀랐다.

하지만 우리가 놀라든 말든, 칸나즈키 선배는 눈앞의 참상을 보고서 한숨을 쉬었다.

"하아…… 저 아이들은 최근 용사들 중에서도 문제 있는 소행을 보이던 학생들이군."

그렇게 중얼거린 칸나즈키 선배는 전혀 주저하지 않고 여학생들 곁으로 갔다.

대체 어떻게 해결하려는 거지? 역시 학생회장이니까 스마트하면서도 멋있게—.

"자라!"

""""흐어어어억?!""""

"더 큰 폭력으로오오오오?!"

단순했다.

칸나즈키 선배는 세 여학생을 한꺼번에 날려서 벽에 처박았다.

그리고 그 충격으로 여학생들은 기절하여 그대로 바닥에 엎어졌다.

선배는 그런 여학생들의 발을 대충 잡고서 질질 끌기 시작했다.

“이 아이들은 내가 맡겠어.”

“아, 네.”

“그럼 이만.”

조금 더 치근덕댈 줄 알았는데, 칸나즈키 선배는 그대로 여학생들을 끌고 갔다.

“훗…… 이렇게 바로 떠나면 능력 있는 여자로 보이는 데다 평소와는 다른 내 반응에 세이이치 군이 안달하겠지…… 완벽해!”

전부 들렸다.

여러모로 산통을 깨며 떠나는 칸나즈키 선배를 배웅하고 있으니 히노가 말을 걸어왔다.

“저기…….”

“어? 응, 왜?”

“그…… 도와주셔서 고맙습니다!”

“응? 아냐, 나는 아무것도 안 했어. ……뭔가 자기들끼리 싸우기 시작했고, 그것도 방금 다른 사람이 말렸으니까.”

“그렇더라도, 그때 말을 걸어 주신 것만으로도 무척 기뻤어요. 그러니까 고맙습니다."

히노는 그렇게 말하고서 정중히 머리를 숙였다.

실제로 나는 아무것도 안 했지만…… 이런 모습은 히노답다고 생각했다.

그 순간 나는 문득 깨달았다.

히노도 칸나즈키 선배처럼 팔찌를 차고 있는 건가…….

하지만 지금 나는 얼굴을 가리고 있어서 히노도 나라는 걸 모를테고…… 아니, 애초에 나를 기억할까? 기억하더라도 나랑 히노는 그렇게까지 친한 사이가 아니었다.

하지만 나를 도와주기도 했었고…… 어떻게든 히노의 팔찌를 풀어 주고 싶었다.

히노의 상냥함이 몇 번이나 나를 구했으니까.

이번에는 내가 움직일 차례다.

그렇게 이것저것 생각한 나는…… 결국 우연을 가장하여 팔찌를 풀고 멋대로 다시 채우기로 했다.

그래서 아무것도 모르는 척 히노의 팔찌를 가리켰다.

그 순간, 알과 연극을 보러 갔을 때 손에 넣은【연기】스킬이 발동했다. 슬픈 유산이 이런 순간에 활약하다니……!

"그 팔찌……."

"네? 아, 이거요? 이건 카이젤 제국 분들이 저희 용사에게 준 특수한 팔찌예요. 힘을 키워 준다고 하던데…… 굉장하죠!"

"흐응…… 잠깐 봐도 돼? 이런 신기한 도구에 관심이 있거든."

"네, 그럼요. 아…… 다만 이 팔찌는 한번 차면 못 빼는 것 같아서…… 이대로 보여 드려도 될까요?"

"응, 괜찮아."

히노는 특별히 의심하지도 않고 순순히 팔찌를 보여 줬다.

【연기】는 엄청난 스킬이었다. 지극히 자연스러운 형태로 히노를 유도하고 있었다. 입수한 경위가 달랐다면 기뻤을 텐데!

내심 눈물을 흘리며 팔찌를 가볍게 건드린 나는 즉각 스킬을 이용해『링○ 대통령』을 발동시켰다.

그러자 팔찌가 간단히 풀려 그 자리에 떨어졌다.

"어?! 어, 어째서 팔찌가……."

"아무래도 못 뺀다는 건 거짓말이었나 보네. 하지만 이렇게 하면…… 응, 원래대로야."

"어? 어? 못 뺀다는 게 거짓말이라니…… 몇 번이나 빼 보려고 했지만 안 되길래 당연히 그런 줄 알았는데……."

곤혹스러워하는 히노를 내버려 두고서 나는 곧장 팔찌를 원래 형태로 만들어 히노의 팔에 장착했다.

"미안. 뭔가 혼란을 준 것 같네."

"아, 아뇨. 저도 예상치 못한 일이고…… 그리고 원래대로 돌아온 것 같으니까 아마 괜찮을 거예요."

히노는 그렇게 말하고 상냥하게 웃었다.

"……아! 슬슬 수업 시간이라 갈게요. 정말 감사했습니다!"

시간 경과를 알아차린 히노는 다시 한번 깊이 머리를 숙여 인사한 후 뛰다시피 떠났다.

"후우…… 이로써 카이젤 제국의 예속으로부터 지키고 싶은 사람은 다 지킨 게 되려나……?"

걱정거리가 또 하나 사라졌음을 실감하자 본래 목적이 떠올라서 나도 허둥지둥 교재를 가지러 갔다.

시착회

"어~이, 거기 있는 못 좀 집어 줘~."

"그 간판은 저쪽으로 가져가 줘!"

"교실 신청했어? 뭐? 아직 안 했다고?"

"선생님 어디 계시는지 알아?"

학원제가 다가옴에 따라 모든 반이 준비하느라 바빴다.

나도 교실에서 쓸 추가 책상과 의자를 신청하러 가는 등 준비를 도왔고, 지금도 책상과 재료를 옮기고 있었다.

"바나 씨가 노린 대로 다들 활기차네."

"……응. 생기 넘쳐."

나를 도와주고 있는 오리가도 이번에 요리에 쓸 식자재를 옮기면서 살짝 웃었다.

"……그러고 보니 용사들은 참가해?"

"아…… 그러고 보니 그 이후로 전혀 못 봤네."

오리가의 경우에는 저번에 칸나즈키 선배가 가사실습실에 돌격해 온 이후로, 나는 복도에서 히노와 재회한 이후로 용사들을 보지 못했다.

신경 쓰이지 않는다고 하면 거짓말이지만, 칸나즈키 선배가 어떻게든 하겠다고 했으니 괜찮겠지. 그 변태성만 없다면 매우 믿음직한 사람이니까.

다른 반의 상황을 관찰하다 보니 교실에 도착했다.

"다녀왔습니다."

"아, 세이이치! 이것 봐!"

"엥?!"

교실에 들어선 순간, 미니스커트 타입의 간호사복을 입은 고릴라— 아니, 사리아가 「우흐응~」 하고 말하며 섹시한 포즈를 취했다.

너무나도 충격적인 광경이라 나도 모르게 굳었다.

"아이참…… 아무리 내가 예쁘다지만, 너무 빤히 본다. 아잉~."

"아니야아아아아아아아아아아아아!"

그런 의미로 바라본 게 아니야! 머리가 상황을 처리하지 못해서 멍하니 있었을 뿐이라고!

애초에 뭐가 어떻게 돼서 고릴라 상태로 간호사복을 입게 된 거야?! 인간 모습으로 입으면 안 돼?!

누군가에게 설명을 요구하려고 교실을 둘러보니 어째선지 남학생들밖에 안 보였다.

다만 어느새 교실에 커튼 칸막이가 있었다. 그 안에 여성진이 있을 것이다.

"아, 아니…… 저도 뭐가 뭔지 모르겠습니다……."

"……여자들은 커튼 뒤에서 옷을 갈아입고 있지만, 사리아는 나왔을 때부터 그 모습이었어."

설명을 바라는 내 시선을 받고서 아그노스는 어색하게 웃으며 말했고, 브루드는 눈을 피하며 대답했다. 설마 이유가 없는 거야?!

아연해하고 있으니 고리아가 놀랍도록 세게 내 어깨를 잡았다.

"세이이치."

"네?"

"이 모습으로, 세이이치를 매혹한다."

"물리적으로 죽을 것 같은데요?!"

손을 얹은 어깨에서 우두둑 소리가 나는데요!

그보다 역시 고리아 때의 사고방식은 인간일 때와 너무 달라서 적응이 안 돼! 그런 사리아도 좋다고 생각하는 나도 말기지만!

"……사리아 언니, 잘 어울려."

"고마워, 오리가. 아, 오리가의 의상도 있으니까, 갈아입고 와."

오리가에게 칭찬받은 사리아는 자상하게 미소 짓고서 그대로 커튼 뒤로 오리가를 데려갔다.

……이상하다. 방금 한순간 간호사복이 심상치 않게 잘 어울렸다. 나는 이제 틀렸어.

"……아, 남자들도 갈아입었구나."

"앗, 네! 저희는 집사복으로 통일인 것 같지만요……."

레온이 말한 대로 남학생들은 똑같은 집사복을 입고 있었다.

다만 각자 개성이 드러나서, 아그노스는 집사복을 삐딱하게 입은 반면, 브루드는 완벽하게 차려입었다. 베어드는 재킷을 벗고서 소매를 걷어붙였으며, 레온은 다른 아이들이 끈 모양 넥타이인 데 반해 나비넥타이였다.

으음…… 이렇게 보니 아그노스도 포함해서 미남 비율이 높다. 무진장 잘 어울린다.

아직 확실하진 않지만, 이 네 사람만 있어도 학원 전체의 여성들이 모여들 것 같다.

네 사람을 보고 감탄하고 있으니 닫혀 있던 커튼이 별안간 열렸다.

"다들, 다 갈아입었어."

여전히 고릴라인 사리아가 그렇게 말하자 여성진이 부끄러워하며 나왔다.

"너, 너무 빤히 보지 마…… 죽인다?!"

"흉흉하네?!"

그 모습으로 접객할 거니까, 볼 때마다 죽여 버리면 손님이 다 죽을 거야.

내 태클을 받고서도 뺨을 붉히며 노려보는 헬렌은 메이드복을 입고 있었다.

"참아요, 참아. 뭐 어때요~ 헬렌 예뻐요~."

"하, 하지만……."

"어차피 이 모습으로 손님 앞에 설 거고, 포기하는 게 나아요~."

"윽…… 그건 그렇지만…… 아, 그래! 그러면 나는 요리를—."

"손님을 죽일 작정인가요~?"

"그렇게까지 말하는 거야?!"

헬렌, 미안. 나도 레이첼과 같은 의견이야…….

애초에 접시 위에 아무것도 없으면 손님이 못 먹잖아. 적어도 접시 위에 『물질』을 남기게 된 다음에 말해 줘. 말하더라도 대답은 「No」지만.

헬렌을 설득하는 레이첼은 수녀복을 입고 있었고 상당히 잘 어울렸다.

"훗…… 꽤 재미있는 의상이네요. 저를 빛내는 데 한몫 거들고 있어요."

"내, 내 옷은 헬렌보다 심하지 않아?! 이거 괜찮은 거야?!"

이레네는 여경 모습으로 머리카락을 쓸어 올렸고, 플로라는 바니걸 모습으로 안절부절못하며 뭔가 몸을 가릴 게 없는지 주위를 두리번거렸다.

이레네는 그렇다 쳐도 플로라는…… 응. 굳이 따지자면 아저씨 같은 이미지인 플로라가 반대로 여성미를 강조한 모습으로 있으니 신선했다. 본인은 어떻게 생각하고 있을지 모르겠지만. 심심한 위로를 전합니다.

"클라우디아는 자주 남장을 했지만, 설마 제가 하게 될 줄은 몰랐습니다."

"이 옷…… 동쪽 나라의 민족의상이랑 비슷해."

"교복도 제게는 신선했지만…… 제가 모르는 옷이 세상에는 많이 있네요!"

루이에스는 남성진과 같은 집사복을 입었는데, 자세도 좋아서 아주 멋있었다.

루티아는 일본의 전통 옷을 입었고, 머리도 옷에 맞춰서 올리고 있었다.

오랜만에 동쪽 나라라는 말을 들었지만 정말로 옛날 일본과 비슷한 나라구나. 언젠가 가보고 싶다.

그리고 지금까지 던전에 봉인되어 있었던 조라는 승무원 모습으로 즐거워했다. ……과거를 생각하면 사소한 일이어도 조라에게는 신선하고 기쁠 것이다. 뭐, 다른 세계의 옷은 누가 봐도 신선하겠지만.

그보다 조라가 정말로 즐겁게 웃고 있어서, 던전에서 데려오길 정말 잘했다는 생각이 들었다. 이대로 계속 즐거움을 알아 갔으면 좋겠다.

"저, 저도 이런 차림을 해야 하나요?!"

"어, 어이! 이건 무슨 옷이야?! 복슬복슬한데 치마는 또 짧고……!"

"흠…… 이건 움직이기 편하네…… 발차기를 날리기 편해."

"……내 옷도 신기해. 무슨 옷일까."

베아트리스 씨도 역시 옷을 갈아입고 참가하게 되어서 지금은 해적 차림을 하고 있었다. 평소 차림이 단정하기에, 와일드한 모습이 그 뭐냐…… 응!

그리고 어느새 알도 옷을 갈아입어서 미니스커트 산타 모습으로 얼굴을 붉히고 필사적으로 치마를 잡고 있었다.

그 옆에서는 아찔하게 옆이 트인 치파오를 입은 루루네가 무방비하게 발차기를 날렸다. 야, 그러면 속옷이 보이…… 속옷 입었지? 괜찮은 거지?!

오리가는 귀여운 무녀 모습으로 흥미롭게 자신의 옷을 둘러보았다.

이렇게 전원이 옷을 다 갈아입었는데 모두 예쁘고 귀여워서 코스프레의 수준이 엄청났다.

"우오오오오오오오오오! 괴, 굉장해! 형님, 저는 무진장 감동했습니다!"

"……뭐, 괜찮은 것 같네. ……응."

"다들 잘 어울려."

"예, 예뻐요! 아, 죄송합니다! 저 같은 게 예쁘다는 말을 꺼내다니……! 주제도 모르고! 죄송합니다! 용서해 주세요!"

아그노스가 여성진의 모습에 흥분하고 베어드와 레온이

평소처럼 반응하는 가운데, 브루드가 드물게도 시선을 피하는 게 인상적이었다.

확실히 시선을 어디에 둘지 곤란하지! 나도 아까부터 어딜 보면 좋을지 몰라서 고민 중이야!

"어때? 다들, 예쁘지?"

사리아가 모두의 옆에 서서 섹시한 포즈를 취했다. 사리아만 너무 차원이 달라서 붕 떠 있어.

……아, 사리아를 보면 되겠구나! 고리아 모습이 처음으로 고맙게 느껴진다! 고마워, 고리아! 내 이성을 지켜 줘어!

혼자서 정신을 안정시키고 있으니 루이에스가 모두의 의상을 둘러보고 문득 의문을 꺼냈다.

"그러고 보니…… 자세한 이야기를 들은 건 아니지만, 스승님은 용사인가요?"

"어?"

"그건 나도 궁금해. 저번에 던전에서 【마왕 마법】을 습득했을 때 【성속성 마법】은 이미 쓸 수 있다고 했고, 요전번 시식회 때 용사들이 왔었으니까……."

그러고 보니 F반 학생들은 알고 있지만 루이에스와 루티아에게는 제대로 설명하지 않았지.

기세를 몰아 던전을 공략하고, 칸나즈키 선배가 폭풍처럼 찾아왔다가 그대로 떠났으니…….

"으음…… 용사로 소환된 건 아니니까 용사는 아니지만, 용사들과 같은 세계에서 온 인간이야. 즉, 이세계인이란 거지."
"그렇군요……. 이 옷들도 이세계에서는 평범한 옷입니까?"
"딱히 평범하진 않아. 물론 입고 일하는 사람도 있지만."
루이에스는 내 설명에 납득하고 다시 모두의 옷을 관찰했다.
여경 옷은 꽤 충실하게 재현된 것 같고, 그 외에는 일본적이라고 할지, 코스프레용으로 개조되어 있었다.
"그럼 옷도 입어 봤으니 오늘 할 일은 끝이려나? 메뉴도 정했고, 나머지는 당일 일해 봐야 알겠지."
"무슨 말이야? 아직, 안 끝났어."
"어?"
아직 안 끝났다고? 준비해야 할 게 더 있던가?
사리아가 왜 그렇게 말했는지 이유가 떠오르지 않아서 고개를 갸웃하자 다시 어깨를 꽉 잡혔다. 어, 어라?
"세이이치도, 갈아입는다."
"…………뭐?! 나도 하는 거야?!"
"당연하지! 애초에 담임도 아닌 내가 갈아입었잖아! 너도 갈아입어!"
"자, 주인님! 이쪽으로 오세요!"
"……두근두근."
어느새 동료들이 포위하듯 다가와 있어서 나는 도망칠 수 없었다. 마, 맙소사?!
"아, 잠깐만! 가, 갈아입을게! 혼자 갈아입을게! 그러니까

끌고 가지 마! 따라오지 말아 줘!"

"괜찮아. 상냥하게, 해 줄게."

"상냥하게 해 주겠다니, 저는 무슨 짓을 당하는 거죠?!"

"좋지 아니한가, 좋지 아니한가."

"그, 그만둬어어어어어어어어어어!"

필사적으로 저항한 보람도 없이 나는 사리아에게 연행되는 형태로 끌려가 옷 갈아입히기 인형처럼 여러 가지 의상을 입게 되었다.

—그리고 나중에 알았지만, 내가 떠올린 이미지만 듣고서 사리아가 이 옷들을 전부 만들었다고 한다. 역시 너무 대단해!

학원제 개시

"어서 오세요, 어서 오세요! 오셔서 【레퀴아섬 꼬치】를 드셔 보세요!"

"당신의 미래를 점쳐 보겠습니다…… 으음?! 주, 죽음의 조짐이……?!"

"당첨돼도 꽝이 나와도 서로 군말하지 않기! 어떠신가요? 한번 뽑아 보고 가세요~."

—바바드르 마법 학원에서는 현재 학원제가 열리고 있었다.

심지어 이번에는 평소의 학원제와 달랐다.

교내 대항전 중에 【마신교단】의 습격을 받고 마음에 깊은 상처를 입은 학생들의 기운을 북돋우려고 바나바스가 기획한 것이었다.

하지만 습격을 막지 못한 바나바스는 각국으로부터 책임을 추궁받았고, 상당수의 학생이 강제로 귀국한 상태였다.

학원에는 아직 학생이 있지만 학원에 불신감을 가진 학부모도 있어서, 이번 학원제를 보고 실상을 확인하려는 가문도 있었다.

그래도 학생들은 협력하여 무슨 부스를 낼지 정하고 저마다 학원제를 즐기고 있었다.

그런 가운데, 한층 북적이는 반이 하나 있었다.

"F반에서 하는 가게 가 봤어?!"

"가 봤어! 장난 아니지 않아?!"

"그 반 수준이 너무 높잖아!"

"젠장! 역시 중요한 건 얼굴인가…… 얼굴인가?!"

교사 내에서도 끄트머리에 있는 그 반은…… 2학년 F반이었다.

""""어서 오십시오.""""

『꺄아아아아아!』

아그노스, 브루드, 레온, 베어드가 손님으로 온 여학생들에게 공손히 인사한 순간, 새된 환호성이 터졌다.

현재 남성진이 접객 중인 F반의 가게는【코스프레 카페】였다.

사전에 세이이치에게 각 코스프레 의상에 관한 설명을 들었기에, 연기할 줄 아는 사람은 역할에 몰입하여 접객하게 되었다.

뺨을 붉히고 멍하니 자리에 앉은 여학생에게 아그노스가 조금 거칠게 메뉴판을 건넸다.

"자, 이게 메뉴야. 사람들이 더럽게 많이 줄 서 있으니까 가능하면 빨리 결정해 줘."

"너 바보야? 상대는 손님이야. 말 좀 곱게 해."

"뭐, 인마?!"

"이 바보는 내버려 둬. 그보다 메뉴를 골라."

"너도 남 말 할 처지는 아니지 않아?!"

성질이 거친 아그노스는 삐딱하게 입은 집사복과 매치되어 그 난폭한 태도마저 여학생들에게 호평이었다.

반대로 브루드는 확실하게 집사복을 차려입었고, 평민의 피가 섞였다고는 하지만 왕족이며 잘생겼기에 고압적인 태도조차 호의적으로 받아들여졌다. 여학생들은 황홀하게 브루드를 바라보고 있었다.

"저, 저기! 이게 메뉴예요! 어어…… 으음…… 어, 어떤 걸 주문하시겠어요?"

"으음~ 그럼…… 레온 군을 주문할래!"

"어? 네에에에에에에?! 저, 저저, 저 말인가요?! 아, 안 되는데요! 아, 죄, 죄송합니다! 말대꾸해서 죄송합니다! 용서해 주세요!"

레온은 쭈뼛거리면서도 나름대로 열심히 접객했지만, 그런 그를 일부 여학생들이 거친 숨을 내쉬며 위험한 눈으로 바라보고 있었다.

심지어 개중에는 지금처럼 일부러 레온이 곤란해할 말을 하고, 실제로 곤란해하는 모습을 보며 흥분하는 구제 불능 변태까지 있었다.

하지만…….

"너무 레온을 괴롭히지 말아 줘."

"베, 베어드 군!"

"괜찮아?"

과묵한 베어드가 레온을 감싸며 나타났다.

잘 단련된 큰 체구와 날카로운 시선은 사람에 따라 위압적으로 느낄 만도 하지만 베어드가 풍기는 부드러운 분위기에 훌륭하게 중화되었고, 어른스러운 베어드는 여학생들에게 인기였다.

그 밖에도 일부 여학생은 아그노스와 브루드의 실랑이나 레온과 베어드의 대화에 코피를 흘리기도 했다.

상당히 카오스한 공간이었지만, 그래도 F반의 남학생들은 많은 여학생의 지지를 얻어 순조롭게 매상에 공헌했다.

시간대가 바뀌자 이번에는 여학생들이 접객할 차례가 되었다.

그러자 손님층도 확 바뀌어서, 아까까지 여학생들로 넘쳐났던 F반 교실은 이제 남학생들로 북적였다.

"어, 어서 오세……요……. 주…… 주인……님……."

헬렌이 이마에 핏대를 세운 채 어색하게 웃으며 접객했다.

그녀는 메이드복을 입고서 잇따라 찾아오는 남학생들에게 어떻게든 웃어 주고 있었다.

"헬렌, 그럼 안 되죠~. 더 자연스럽게 웃어요~."

"하, 하지만!"

"반론은 안 받아요~. 지금 헬렌은 메이드니까 확실하게 봉사해야죠~."

"보, 봉사?! 너, 넌 진짜……. 일단 여기는 카페야! 알고 있는 거야?!"

"알고 있어요~."

"근데 왜 내가 이런 차림을 해야 하는데! 최소한 레이첼, 너라도 나랑 똑같은 옷을 입어!"

"그건 무리예요~. 저는~ 수녀라서요~. 아, 안녕하세요~ 길 잃은 어린양들~. 무슨 일로 왔나요~? 참회하러 왔나요~?"

"글쎄, 여기 카페라니까?!"

수녀복을 입은 레이첼은 나름대로 역할에 몰입하여, 카페임에도 메뉴판도 주지 않고 참회를 촉구했다. 대체 무슨 가게인 걸까.

두 사람이 만담 같은 대화를 나누고 있을 때, 다른 자리에서는 남학생들이 눈에 하트를 띄우고서 이레네를 바라보고 있었다.

"아, 아름다워……."

"세상에…… 이곳은 천국인가……? 나는 언제 죽은 거지?!"

"낙오자든 뭐든 상관없어……. 나는 그녀에게 밟히고 싶어……."

F반을 깔보던 다른 학년이나 다른 반 학생들은 원래부터 극단적인 사고를 지닌 몇몇을 제외하면 교내 대항전 이후로 비교적 태도가 부드러워져 있었다.

S반을 상대로 호각 이상의 힘을 보였을 뿐만 아니라, 누구도 움직이지 못했을 때 【마신교단】의 사도에게 가장 먼저 달려든 것이 F반이었다는 점도 크게 작용했다.

여전히 F반에 안 좋은 감정을 품은 학생도 있지만, 극히 일부였다.

그리고 지금, F반에 대한 태도가 부드러워진 학생들은 이레네뿐만 아니라 F반의 미소녀들을 보고 헤벌쭉 웃고 있었다.

뜨거운 시선을 받은 이레네는 당연하다는 듯 머리카락을 쓸어 올렸다.

"후…… 뭐, 저는 완벽하고 뷰티풀하니 당연한 결과죠. 아아…… 저는 죄 많은 여자예요. 이 정도면 저 자신을 체포? 해야 하는 것 아닐까요?!"

이 세계에는 경찰이란 조직이 없어서 세이이치에게 『체포』라는 말을 배운 이레네는 어째선지 여경 코스프레에 딸려 있던 장난감 수갑을 빙글빙글 돌렸다.

그렇게 자신에게 심취한 이레네 옆에서 얼굴이 새빨개진 플로라가 필사적으로 접객 중이었다.

"이, 이레네?! 제, 제발 접객을 도와주지 않을래?!"

"우오오오오오! 플로라, 귀여워!"

"이, 이렇게 선정적인 옷이라니…… 발칙해…… 발칙하지만 좋아!"

바니걸 차림을 한 플로라는 익숙하지 않은 남자들의 시선을 받고 얼굴을 붉혔다.

"왜 내가 이런 차림을 해야 해! 나보다 더 어울리는 예쁜 애들이 있잖아! 사리아 씨라든가 루루네 씨라든가!"

"무슨 말을 하는 건가요. 플로라도 충분히 잘 어울려요. 아름다움을 부정하는 건 제가 용서하지 않겠어요."

"이, 이레네……."

이레네가 진지한 표정으로 플로라를 바라보았다.

"……저보다 눈에 띄는 건 용서할 수 없네요. 체포하겠어요."

"너무 불합리하지 않아?!"

묘한 트집을 잡힌 플로라는 손에 수갑을 차게 되었다.

이렇게 헬렌 조는 당황과 부끄러움이 휘몰아치는 와중에도 어떻게든 접객 시간을 끝냈다.

""""언니이이이이이이이이이이!""""

""""누니이이이이이이이이이임!""""

헬렌 조의 시간이 끝나자 이번에는 루이에스 조가 접객할 차례였다.

"저, 저기!"

"왜 그러십니까?"

"여, 여기서 언니가 추천하는 메뉴는 뭔가요?!"

집사복을 입은 루이에스에게는 열광적인 여성 손님이 많이 붙어서 지금도 한 손님에게 붙잡혀 있었다.

어마어마한 수가 줄을 서 있기에 루이에스도 한곳에 오래

머물 수 없었지만, 원래 성격 탓인지 여학생을 함부로 대하지 않고 상냥하게 대응했다.

"이 케이크 세트는 어떠십니까? 케이크와 어울리는 홍차가 함께 나옵니다."

"그, 그럼…… 그걸로 할게요!"

"알겠습니다, 아가씨."

원래 왕성에서 일하기도 해서인지 루이에스는 세련된 동작으로 인사하고 살포시 미소 지었다.

그 미소를 본 여학생과 다른 손님들이 일제히 얼굴을 붉히며 그 자리에서 쓰러졌다.

"음? 괜찮으십니까?"

—심지어 자각이 없어서 더더욱 질이 나빴다.

"뭐, 뭘 주문할 거지?! 얼른 정하지 않으면…… 상어 밥으로 만들어 주겠어!"

루이에스가 여학생을 포로로 만들고 있을 때, 베아트리스는 뺨을 붉히면서도 해적 행세를 하고 있었다.

학생들이 열심히 힘내고 있었고, 무엇보다 베아트리스는 본디 고지식한 성격이라 지금 코스프레 중인 해적을 나름대로 해석하여 연기하고 있었다.

그래도 창피한 건 변함없기에 얼굴은 빨갰다.

"캡틴! 내, 내 돈을 갈취해 줘어어어어어어!"

"무슨 소리! 내가 먼저야. 내 돈을 받아 줘!"

"개소리 마! 나는 전 재산을 넘기겠어! 오늘부터 나는 빈털터리다아아아아!"

그런 베아트리스에게 남학생들은 메뉴판에 적힌 것보다 많은 금액을 내려고 했다.

원래 같았으면 베아트리스는 즉각 그 점을 지적하며 명시된 금액만 받았겠지만, 지금은 해적 행세를 하고 있었다. 그녀는 창피해서인지 미묘하게 정상적인 판단이 불가능하여 특별히 의심하지 않고 많은 금액을 받았다.

"자…… 나, 나한테 돈을 뺏기고 싶은 녀석은 말해라!"

""""저요오오오오오오오오오오오오오오오!""""

세기말이었다.

구제할 길이 없었으나, 본인들이 납득했기에 아무도 불행해지지 않았다.

"어, 음…… 이건 저쪽 테이블이고…… 이건 반대쪽 테이블…… 으아아! 헷갈려요!"

"진정해. 괜찮아. 같이 하자."

승무원 차림인 조라와 전통복을 입은 루티아는 협력하여 하나씩 주문을 처리하고 있었다.

"주, 주문하신 요리입니다!"

"맛있게 먹어."

둘이서 같이 요리를 나르는 모습을 보고 남학생뿐만 아니라 여학생까지 따뜻한 눈빛을 보냈다.

"다음은 저쪽이네요!"

"뛰면 위험해."

"아, 그렇죠! 하지만 즐거워서……."

"……그러게. 나도 이런 경험은 처음이라서 즐거워."

각각 특수한 환경에 있었던 두 사람은 이 【코스프레 카페】가 신선하고 즐거웠다.

다른 멤버와는 비교가 안 될 만큼 조라와 루티아는 훈훈하게 접객을 이어 나갔다.

다시 교대 시간이 되어 이번에는 사리아 조가 접객을 시작했다.

다만―.

"어서 오세―."

"으아아아아아?! 사리아?! 인간! 인간 모습으로 변해!"

간호사복을 입은 사리아가 고릴라 상태로 접객을 개시하려고 했지만 알트리아가 전력으로 저지했다. 그 결과, 사리아는 얌전히 인간 모습으로 변했다.

하지만 그래도 사리아의 고릴라 상태를 손님이 잠깐 보게 되어서 다들 눈을 필사적으로 문질렀다.

"어, 어라? 내 눈이 이상해졌나?"

"신기한 우연이 다 있네. 나도 그래."

"그러니까 말이야. 예쁜 옷을 입은 우락부락한 괴물이 방금 있었던 것 같은데…… 기분 탓이겠지!"

"그럼, 그럼! 왠지 그 예쁜 옷이 잘 어울려 보였지만…… 당연히 기분 탓일 거야!"

놀랍게도 고릴라 모습으로 간호사복을 입었던 사리아는 풍기는 분위기만으로 옷을 소화해 냈다. 어울리지 않을 텐데도 어째선지 잘 맞아 보였기에 남성들은 더더욱 혼란스러워했다.

하지만 금방 빨간 머리 미소녀로 변했으므로 다들 생각을 그만뒀다. 지금은 예쁘니까 상관없을 것이다.

"네~! 쇼트케이크 말이죠! 알겠습니다!"

인간으로 돌아온 사리아는 천진난만한 웃음으로 차례차례 손님을 매료했다.

심지어 남성뿐만 아니라 여성들도 그 귀여움에 시선을 빼앗겼다.

"큭…… 어, 어째서 나까지 이런 차림을……! 어, 어차피 할 거면 세이이치의……."

미니스커트 산타 모습인 알트리아는 얼굴을 붉히면서도, F반 학생들의 부탁이기에 어떻게든 접객을 이어 나갔다.

비슷한 심정인 헬렌이나 베아트리스와 다른 점이라면, 산타라는 존재를 잘 모른다는 것과 뭐라 말하기 어려운 복잡한 여심이 있다는 것이리라.

"흥, 오므라이스로군. 맡겨 둬, 지금 먹어 주겠어."

"……바보. 먹보 주려고 만든 거 아니야."

손님에게 갖다 줘야 할 요리를 전부 먹어 치우려고 하는 루루네를 오리가가 어떻게든 막았다.

그럼에도 루루네의 식욕은 사그라들지 않아서, 모처럼 치파오를 입었는데도 특별히 뭔가를 하지도 않고 틈만 나면 남의 밥을 뺏어 먹었다.

무녀 복장의 오리가는 어이없어하면서도 열심히 접객을 계속하여 남녀 불문하고 모두의 마음을 따뜻하게 만들었다.

"……응. 주문하신 요리 나왔습니다."

"오오, 기다렸어!"

"……먹보 주려고 만든 게 아니라니까."

굉장한 점이라면, 루루네에게 밥을 뺏긴 손님이 루루네가 행복하게 먹는 모습에 치유받아 오히려 밥을 사 주려고 하는 인간이 계속 나타난 것이었다.

다만 루루네는 식사 말고는 관심이 없기에 누가 사 줬는지 따위에는 조금도 흥미를 보이지 않았다.

이렇게 눈에 띄는 학생이 많은 F반은 어떤 시간대에도 손님이 모였지만, 한층 두드러진 존재가 한 명 남아 있었다.

"—어서 와, 공주님."

암흑귀족 제아노스가 입었던 것 같은 귀족의 예복을 더 호화롭게 만든 옷을 입고서 불손하면서도 매혹적인 웃음을 짓는— 세이이치였다.

평소의 세이이치를 생각하면 절대 있을 수 없는 광경이었다.

하지만 세이이치는 대국의 왕자 같은 차림으로 접객 중이었다.

이게 바로 사리아와 알트리아가 고른 세이이치의 의상이었다.

다른 의상도 퀄리티가 높았지만, 세이이치의 의상은 사리아가 진심을 다해 더 공들여 만들어져 있었다. 고릴라 사리아는 더할 나위 없이 세이이치에게 정성을 쏟은 것이다.

그런 사리아의 정성에 세이이치는 이전에 알트리아와 데이트하면서 손에 넣은【연기】스킬을 무의식적으로 발동시키고 의상에 맞춰 완벽하게 역할에 몰입했다.

브루드와는 또 다른, 세상 여자들이 한 번쯤은 상상했을 이상적인 왕자님을 완벽하게 연기했다.

"뭘 주문할지 정했을까?"

"넵! 이, 이이, 이걸 주문할게요오오오!"

스테이터스가 달아난 실적이 있는 세이이치는 그 매력을 마음껏 발휘했다.

그 결과, 고장 난 것처럼 메뉴를 연신 찌르는 여학생의 손을 살며시 잡고 상냥하게 미소 지었다.

"주문 받았습니다, 공주님?"

『크하아아아아아아아아아아아아!』

그 자리에 있던 모든 여성이 격침당했다.

◆ ◇ ◆

"세, 세이이치 구우우우우우우우우우우우우우운!"

"세이짜아아아아아아아아아아아아아아아앙!"

"응? 헉?!"

무의 경지에 이르러 접객하던 나— 히이라기 세이이치는 갑자기 목소리가 들린 쪽으로 얼굴을 돌렸다.

그러자 그곳에는 코피와 침을 흘리며 다가오는 칸나즈키 선배와 아이링이…… 무서워?! 둘 다 예쁘니까 자중해야지! 여러모로 망치고 있으니까! 내숭은 중요해!

이쯤 되면 자율 규제가 필요한 수준인 두 사람은 그나마 이성이 남아 있는지 제대로 차례를 지켜서 가게에 들어왔다.

가게를 시작하기 전에 알았는데, 용사들은 결국 부스를 준비하지 않았다고 한다.

그 대신 이렇게 손님으로 학원제에 참가하게 되어서, 칸나즈키 선배와 아이링은 일부러 내가 접객하는 시간대를 노려 이곳에 온 듯했다. 그 집념이 무섭다. 고맙지만.

"세이이치 군, 세이이치 군, 세이이치 군, 세이이치 군, 세이이치 군, 세이이치 군, 세이이치 군, 세이이치 군, 세이이치 군, 세이이치 군, 세이이치 군, 세이이치 군, 세이이치 군, 세이이치 군."

"세이짱, 세이짱, 세이짱, 세이짱, 세이짱, 세이짱, 세이짱,

세이짱, 세이짱."

무서워, 무서워, 무서워, 무서워, 무서워어어어어어어어어어어!

핏발 선 눈으로 나를 바라보며 내 이름을 연호하는 두 사람을 보고 나는 이 자리에서 당장 도망치고 싶어졌다. 이상하네, 스테이터스만 보면 두려워할 필요가 없을 텐데!

하지만 저렇게 이름을 계속 중얼거리면 다른 손님에게 민폐라고 할까…… 역시 너무 무섭다.

그러나 지금 나는 사리아가 정성을 다해 만들어 준 왕족이나 귀족이 입을 법한 옷을 입고서 접객 중이었고…… 지금까지도 【연기】 스킬을 써서 어떻게든 해 왔다.

여기서 본래 내 모습으로 두 사람에게 주의를 주면 다른 손님들이 실망할지도 모른다.

그러니 역할에 몰입하여 두 사람을 조용히 만들자……! 사실은 역할에 몰입해서 현실 도피하고 싶은 겁니다! 저 두 사람, 이제 싫어!

즉각 【연기】 스킬을 발동시키자 내 의식은 순식간에 배역으로 전환되었다.

여전히 내 이름을 연호하는 두 사람의 입술에 살며시 검지를 올리자 두 사람은 눈을 크게 뜨고 굳었다.

"조용. 이곳은 식사하는 곳입니다. 그래도 말을 안 듣는 나쁜 아이에게는…… 벌을 줄 거야."

""받을게요오오오오오오오오오오오오오오!""

어째서어어어어어어어어어어어어어?!

그리고 느끼해! 내 대사 너무 느끼하지 않아?! 나 그냥 죽는 게 낫지 않을까?! 이 가게 싫어! 누가 제안한 거야! 나였지!

심지어 왜 벌을 받고 싶어 하는 거야?! 바보야? 전혀 효과 없잖아! 오히려 시끄러워졌어!

내 발언에 칸나즈키 선배와 아이링뿐만 아니라 다른 손님들까지 벌해 달라고 요구해서 더할 나위 없이 곤혹스러웠다. 이 세계, 변태가 너무 많잖아!

그 후 나는 묘한 분위기 속에서 억지로 마음을 죽이고【연기】스킬을 구사해 근무를 마쳤다.

점술관

근무를 마친 나는 대기실로 이동했다.

사리아와 알도 대기실에서 쉬고 있었다.

"아, 세이이치! 수고했어~!"

"응, 수고했어."

사리아와 알이 웃으며 치하해 주는 가운데, 나는 착용하고 있던 망토를 벗고 한숨 돌렸다.

"휴우………… 잠깐 죽고 올게!"

"잠깐, 잠깐, 잠깐, 잠깐!"

내가 그렇게 말하고서 창밖으로 몸을 내밀려고 하자 알이 전력으로 나를 말렸다.

"멋지게 웃으면서 무슨 터무니없는 소리를 하는 거야!"

"알, 놔 줘! 더는 안 되겠어. 그딴 느끼한 대사를…… 으아아아아아아! 죽여 줘어어어어어어!"

"진정해, 바보야! 너만 그런 게 아니라 나도 창피했어. 그러니까 참아! 애초에 누가 널 죽일 수 있는데?!"

"그러게?!"

"어? 그 정도야?!"

나와 알을 보고 있던 헬렌이 눈을 크게 떴다.

젠자아아아아아아아앙! 죽어서 그 창피한 기억을 당장 지우고 싶은데! 이런 데서 내 몸이 방해를……! 항상 날 도와줘서 고마워! 하지만 조금 자중해도 돼.

실제로 내가 만약 죽을 지경이 되더라도…… 뭐랄까, 『아. 당신은 오지 말아 주세요』 하고 지옥이나 천국, 명계 씨가 거부해서 그대로 계속 살 것 같다. 그 정도는 이제 놀랍지도 않다. 수, 수명이 다 되면 역시 죽을 수 있겠지?! 인간적으로 그건 부탁드립니다!

알이 만류해서 조금 진정이 된 나는 넌더리를 내며 중얼거렸다.

"코스프레 카페 하자고 한 놈 누구야……? 때려주겠어……."

"""세이이치."""

"커헉!"

나는 내 얼굴을 힘껏 때렸다. 응, 전부 내 잘못이었다.

"뭐, 어때. 그…… 멋있었어……."

"응응, 세이이치랑 아주 잘 어울렸어!"

"알…… 사리아……."

둘 다 이런 나를 위로해 줬다.

……확실히 창피하긴 했지만, 그래도 가게에 와 준 학생들이 웃으며 즐거워한 건 기뻤다.

동료들의 새로운 일면이라고 할까, 색다른 모습을 볼 수 있었던 것도 좋았고…… 결과적으로 나는 만족했다.

다시 한숨을 쉰 후, 나는 쓴웃음을 지었다.

"두 사람이 그렇게 말하니 뭐라고 더 말을 못 하겠네……. 고마워."

"응! 남은 일도 힘내자~!"

"좋아, 역시 잠깐 죽고 올게."

아직 일이 남았다는 것을 떠올리고 그 자리에서 달아나려고 한 나를 알과 사리아가 붙잡았다.

◆ ◇ ◆

"흐응…… 이렇게 보니 여러 부스가 있구나."

"그러게~ 아, 저거 맛있겠다!"

민망함을 견디며 어떻게든 모든 근무를 마친 나는 사리아와 함께 교내를 구경 중이었다.

동료들은 아직 근무가 남아 있거나 다른 멤버와 돌아다니고 있었다.

지구에서는 따돌림당하기도 해서 학원제를 제대로 즐긴 적이 없지만, 이렇게 둘러보니 여름 축제와는 또 다른 분위기였다.

학생들이 만드는 먹거리는 그럭저럭 퀄리티가 괜찮아서

맛있었다.
나와 사리아는 때때로 노점 음식을 사 먹으며 돌아다니다가 어떤 가게 앞을 지나갔다.
“점술관?”
“흐응…… 점을 치는 건가.”
학원제 부스라서 얼마나 본격적일지 모르겠지만 궁금하기는 했다. 지구에서도 점을 본 적은 없었고.
“이 기회에 한번 받아 볼까?”
“응!”
교실을 통째로 이용한 점술관에 들어가니 창문은 검은 커튼으로 덮여 있었고, 전체적으로 캄캄한 가운데 보라색 빛이 드문드문 떠올라 있었다.
“오오, 우리 점술관에 오신 걸 환영합니다……. 이쪽으로 오시지요.”
얼굴이 안 보이게 후드 달린 로브를 입은 사람의 안내를 따라 나와 사리아는 다른 사람보다 조금 호화로운 로브를 입은 인물 앞에 앉았다.
그 사람 앞에는 수정이 놓여 있었다. 아마 이 수정을 쓰는 거겠지.
“잘 오셨습니다. 무엇을 점쳐 드릴까요? 두 분의 상성? 미래? 아니면 본질?”
“으음…….”

생각보다 더 여러 가지를 점칠 수 있는 모양이라서 고민하고 말았다.

그러자 사리아가 손을 들었다.

"네! 그럼 저는 세이이치와의 상성을 보고 싶어요!"

"사리아?"

"에헤헤, 어떻게 나올까~? 아, 세이이치는 뭘 점칠 거야?"

사리아가 나와의 상성을 보겠다고 해서 나는 잠시 생각했다.

"으음…… 그럼 본질?이란 걸로."

상성과 미래는 대충 알겠지만, 본질은 와닿지 않았기에 그걸 점치기로 했다.

"그렇군요…… 알겠습니다. 그럼 먼저 아가씨가 말한 상성을 점치기로 하지요……!"

호화로운 로브를 입은 인물은 그렇게 말하고서 양손을 수정에— 올리지 않고 우리의 머리 쪽으로 들었다.

"키에에에에에에에에에에!"

"수정 안 쓰는 거냐!"

"보였다!"

"심지어 빨라?!"

무심코 태클을 건 나를 무시하고서 로브 차림의 학생이 흥분한 모습으로 입을 열었다.

"두 분의 상성은 최고입니다! 이토록 상성이 좋은 조합은 본 적이 없습니다! 장래는 안녕합니다. 두 분에게는 앞으로도 밝은 미래가 기다리고 있겠죠! 영영 폭발해라, 제기랄!"

"너무 불합리해!"

축복하는 건지 저주하는 건지 모르겠어!

그래도 나랑 사리아의 상성이 좋다고 하니…… 평범하게 기쁘다. 아니, 무진장 기쁘다.

무의식적으로 사리아에게 시선을 돌리자 사리아도 나를 보고서 조금 부끄러워하며 웃었다.

"에헤헤…… 앞으로도 쭉 함께야!"

"……그래."

무슨 일이 있어도 나는 사리아와 함께 있고 싶다.

그렇게 새삼 생각한 것만으로도 이곳에 온 보람이 있었다.

"어험! 크흠크흠! 여기서 염장 지르지 말아 주셨으면 좋겠군요!"

"아, 죄, 죄송합니다……."

딱히 염장 지르려던 건 아니었지만…… 네, 반성합니다.

"뭐, 좋습니다. ……그럼 남성분의 본질을 보도록 하죠."

"자, 잘 부탁드립니다."

로브 차림의 학생은 이번엔 머리 쪽으로 손을 들지도 않고 내 얼굴을 빤히 바라보았다. 아니, 수정은 진짜 안 쓰는 거야? 제법 크다고?

"보였다!"

"역시 안 쓰나……."

"이게 뭐야아아아아아아아아아아아아아?!"

"엥?"

내 얼굴을 보던 학생은 퍼뜩 놀란 표정을 짓더니 엄청난 기세로 뒷걸음질 쳤다.

"다, 당신은 뭐야?! 그…… 뭐라고 말하면 좋을지 모르겠지만, 아무튼 엉망진창이야! 【인간】이라는 존재의 가능성이 전부 담겨 있고, 게다가 이 세상의 섭리에서 벗어난…… 아니, 그런 얘기가 아니야. 한 개인이 수많은 세계 및 차원과 동렬 이상의 【개체】로서 동떨어져 있어! 아, 아니, 비교하는 것조차 실례야! 아아, 젠장! 내 어휘력으로는 설명할 수 없어! 누가 이걸 설명할 수 있겠어! 애초에 나는 뭘 점친 거지?! 인간이 아닌 거야?! 단순한 학원제 부스에 뭘 추구하는 거야!"

"죄, 죄송합니다?!"

잘 모르겠지만 혼났다. 아니, 진짜 모르겠지만.

근데 단순한 학원제 부스라면서 의외로 용하지 않아?

"아, 아무튼! 이 이상은 여기서 점칠 수 없어. 아니, 아무도 당신을 점칠 수 없어! 신 정도는 되어야…… 응응응?! 시, 신조차 알 수 없다고?! 그럼 이 녀석은 대체 뭐야아아아아아아아아!"

"""……."""

머리를 싸매는 학생 앞에서 나와 사리아는 얼굴을 마주

보았다.

이 이상 여기 있어 봤자 좋을 게 없을 것 같았기에 돈을 내고 둘이서 몰래 나왔다.

부활을 기다리는 마신

『—아아, 힘이 돌아온다.』

아무것도 보이지 않는 어둠 속에 보라색 불꽃이 하나 떠 있었다.

그 불꽃은 섬뜩하게 일렁이면서도 눈을 뗄 수 없는 묘한 매력을 풍겼다.

『앞으로 조금…… 거의 다 왔다. 조금만 더 있으면 나는 부활할 수 있다…….』

온갖 감정이 담긴 그 말을 올바르게 이해할 수 있는 자는 이 세상에 없었다.

왜냐하면 이 불꽃이 바로 【마신교단】이 숭배하는 존재이자 진정한 **신**이기 때문이다.

신에 의해 창조된 인간이 신의 생각을 이해할 수 있을 리가 없었다.

—마신에게 있어 이 봉인된 별과 그곳에 사는 생물들은 관심을 줄 대상조차 되지 못했다.

마신을 숭배하는 【마신교단】의 사도들이더라도 그건 마찬가지였지만, 사도들은 그 사실을 몰랐다.

창조주인 신을 인간이 숭배하고 절대복종하는 것은 당연했다. 그 인간의 존재를 없애는 것조차 신에게는 간단한 일이었다.

다만 지금은 봉인되어 있기에 생물의 삶에 간섭할 힘이 없었다.

그러나 봉인이 풀리면— 마신이 그저 「사라져라」라고 생각만 해도 별뿐만 아니라 우주와 세계조차 사라질 것이다.

하지만 봉인되어 있다는 사실은 변함없었다.

『—모여라, 나의 【사도】여.』

불꽃이 그렇게 조용히 말한 순간, 보라색 불꽃을 에워싸듯 어두운 빛이 여러 개 나타났다.

빛이 크게 반짝이더니 이윽고 사람 형태가 되어, 보라색 불꽃을 향해 고개를 조아리는 형태로 몇몇 인물이 집결했다.

고개 숙인 인물들 중에서 보라색 불꽃과 가장 가까운 남자가 입을 열었다.

"—부르셨습니까? 주군."

그 남자는 윔블그 왕국을 습격한 【사도】들을 회수해 갔던, 늘 웃고 있는 남자였다.

마신은 남자의 말에 수긍하다가 어떤 사실을 깨달았다.

『음? 너 말고 다른 **【신도(神徒)】**는 어쨌지?』

"죄송합니다. 다른 네 명은 여전해서……. 힘을 써서라도 데려올까요?"

『아니, 됐다. 녀석들은 녀석들대로 나의 힘을 위해 움직이고 있겠지. 지금은 그보다도 중요한 것이 있다. ……기뻐해라. 나의 부활이 가깝다.』

"……!"

그 말은 마신을 숭배하는【사도】들이 고대하던 말이었다.

『그래, 나의 부활이 가깝다. 지금까지 나를 위해 잘 일해줬다.』

"더, 더할 나위 없는 기쁨입니다……!"

『그러니 너희는 최후의 마무리에 들어가 줘야겠다.』

"……! 그, 그 말씀은……."

마신의 말을 듣고 남자의 웃음이 더 커졌다.

남자는 곧장 표정을 다잡으려고 했지만, 평소보다 더 짙고 섬뜩한 웃음이 되었다.

『지금까지 저마다 나를 위해 움직이며 이 별에【재앙의 씨앗】을 뿌렸을 것이다. ……개중에는 데미오로스처럼 나의 힘을 빼앗기고【재앙의 씨앗】을 뿌리지 못한 자도 있지만, 그건 데미오로스가 자신의 힘을 과신한 결과다. 뭔가 계획은 세웠던 것 같으나 저지당한 지금은 그것도 부질없지. 다른 자들은【재앙의 씨앗】을 순조롭게 뿌린 모양이고 말이다.』

데미오로스가 힘을 잃었다는 사실을 지금 처음으로 알게 된【사도】들이 경악했으나 마신의 말을 막지는 않았다.

『어떤 이는 토지에, 어떤 이는 사람의 마음에……. 그렇게 뿌린 【재앙의 씨앗】을 고이 키워라. 그리고 최후의 재앙을 일으켜 이 세상을 혼돈에 빠뜨리는 것이다. 그로써 나의 부활은 완전해진다. —알겠느냐?』

""""예!""""

전원이 더 깊이 고개를 숙였다.

그때, 늘 웃고 있는 남자가 조용히 손을 들었다.

"주군. 한 가지 말씀드리고 싶은 것이 있습니다."

『뭐지?』

"실은 얼마 전에 로디아스와 몇몇 사도가 윔블그 왕국에서 열린 마족과 인간족의 회담을 습격하여 마왕의 딸을 암살하고자 하였습니다. 로디아스는 순조롭게 마물들을 이끌고 침공했으나, 윔블그 왕국 측에 예상치 못한 지원군이 나타나 로디아스와 레스터, 그리고 에드먼드도 당했습니다."

『……뭐라?』

"어이, 유티스! 너…… 그런 얘기 우리한테는 안 했잖아!"

웃고 있는 남자— 유티스의 설명에 다른 사도들이 놀랐고, 그 사실을 바로 보고하지 않은 유티스에게 다른 사도가 따졌다.

하지만 유티스는 미소를 거두지 않고 계속 말했다.

"네. 말할 필요가 없었으니까요."

"뭐?!"

"아까도 말씀드렸지만, 예상치 못한 지원군이…… 그것도 전투 부대의 【사도】인 로디아스를 쓰러뜨릴 만한 실력자가 나타났습니다. 게다가 그자의 정보는 전혀 없죠. ……이런 실력자가 존재했다면 소문 정도는 나야 정상입니다. 하지만 그렇지 않으니 섣불리 건드리는 건 득책이 아닙니다. 그 미지의 전력도 신경 쓰이지만, 그보다는 주군의 힘을 되찾는 데 주력하는 편이 최종적으로는 좋다고 판단했습니다. 그래서 다른 분들이 괜한 걱정을 하지 않도록 말하지 않았습니다. 그렇지 않습니까? 또 당할지도 모르는 상황에서 재차 【사도】를 보내는 것보다는 주군을 조금이라도 빨리 부활시키고 주군께서 없애시는 게 빠르고 확실합니다."

"너 이 자식…… 마신님을 뭐라고 생각하는 거냐?! 마신님께 수고를 끼치겠다니—."

『됐다. 유티스의 말대로 내가 부활하기만 하면 어떤 존재도 방해할 수 없다. 최후에 모든 것을 없애나 미리 없애나 똑같은 일이야.』

"마, 마신님께서 그렇게 말씀하신다면……."

유티스에게 따지던 남자는 마신이 직접 괜찮다고 말했기에 마지못해 물러났다.

『하지만 유티스. 그 이야기가 사실이라면 왜 너는 도와주지 않았지? 너는 나의 【사도】 중에서도 특별한…… 【신도】. 너는 과거·현재·미래와 온갖 시공을 넘나들 수 있다. 그렇다면 로디아스를 쓰러뜨린 자를 제거할 수도 있었을 테지.

즉, 네가 도와줬다면 쓸데없이 【사도】를 잃지 않았을 것이다. 아닌가?』

갑자기 보라색 불꽃이 세차게 타올랐다.

그 불꽃은 결코 뜨겁지 않았으나 【사도】들은 거대한 『무언가』에 짓눌리며 필사적으로 고개를 조아렸다.

유티스도 그 위압감을 받고 어색하게 웃으며 어떻게든 말을 쥐어짰다.

"소…… 송구스럽지만…… 사도들은 제 능력으로 아슬아슬하게 회수했습니다. 그렇게 회수하면서 본 자를 말씀드리고자 했던 것입니다."

『뭐라?』

마신이 위압을 멈추자 【사도】들은 세차게 기침하며 숨을 마시려고 헐떡였다.

『로디아스를 물리친 자보다 우선해서 전해야 할 자란 말이냐?』

"네…… 회수에 성공한 에드먼드의 이야기를 들어 보니, 마왕의 딸과 윔블그 왕국의 왕이 회담한다는 것을 안 로디아스는 그 회담장에서 마왕의 딸을 죽여 인간과 마족 사이에 균열을 만들려 했다고 합니다. 결과적으로 미지의 지원군에게 패배하였으나, 에드먼드는 자신의 능력으로 마왕의 딸에게 『주구』를 사용하는데 성공— 했어야 했습니다."

"어, 어떻게 된 거야? 『주구』라면 『저주』를 거는 도구잖아? 신이 아닌 이상 『저주』는 풀 방법이 없을 텐데!"

유티스가 말한 내용을 믿을 수 없다는 모습으로 아까 그 남자가 유티스에게 따졌다.

하지만 유티스도 믿을 수 없었기에 눈썹을 미미하게 찡그렸다.

"네, 맞습니다. 하지만 마왕의 딸은…… 그 자리에 있던 한 청년에 의해 저주에서 풀려났다고 합니다. 심지어 단순히 『저주』를 푸는 게 아니라 『축복』으로 반전시켜서……."

"뭐?! 어, 엉망진창이야! 거짓말을 할 거면 좀 더 그럴싸한 거짓말을 해!"

"……저도 이게 거짓말이었으면 좋겠습니다. ……하지만 실제로 마왕의 딸은 살아났고, 사도들은 붙잡히기 직전이었습니다. 그리고 어째선지 저는 로디아스가 당하기 전의 【과거】로 날아갈 수 없었을 뿐만 아니라, 그 청년이 나타난 자리의 과거, 그리고 미래에도 간섭할 수 없었습니다. 그래서 저는 아슬아슬하게 세 사람을 회수하게 됐습니다. 이런 일은 지금껏 한 번도 없었는데……."

"진짜냐……."

유티스에게 따지던 남자는 드물게도 곤혹스러워하는 유티스를 보고서 그 이상 말을 잇지 못했다.

【마신교단】의 【사도】 중에서도 특히나 강한 힘과 특수한 능력을 가진 【신도】인 유티스는 과거·현재·미래를 자유롭게

이동할 수 있었다.

심지어 그 능력은 마신이 봉인된 이 별뿐만 아니라 모든 차원·시공·우주·세계에 미쳐서 어디에든 나타날 수 있었다.

유티스를 좋아하진 않아도 그 능력만큼은 신뢰하기에 유티스의 말을 믿을 수 없었던 것이다.

『유티스.』

"예……!"

『부활이 가깝다지만 아직 모든 힘이 돌아오지는 않았다. 그 존재가 나의 부활을 방해한다면…… 없애라. 다른【신도】도 불러들여서 그 미지의 전력이란 것들과, 네 능력이 통하지 않았다는 인간을 없애 버려라.【사도】라면 몰라도, 너희【신도】라면 가능할 것이다. 나의 힘을 많이 받았으니 말이다.』

"예! 다른【신도】에게 급히 전하여 주군의 위협이 될 가능성을 반드시 전부 없애겠습니다."

『기대하마. ―【사도】들이여. 전 세계에 뿌린【재앙의 씨앗】을 키워라. 그리고 세계에 종말을 가져와라. 그것이 바로 나의 바람이다. 다른 신들이 나를 봉인할 때 쓴 힘의 잔재가 있는 이 별을 나의 제물로 삼음으로써 나는 부활과 동시에 견줄 자 없는 유일한 존재가 될 것이다. 그때가 되면 너희에게도 큰 가호를 주겠다.』

""""예!""""

【사도】들은 일제히 고개를 끄덕였고, 다시 어두운 빛이 되

어 그 자리에서 사라졌다.

다시 혼자가 된 마신은 짜증스레 중얼거렸다.

『나의 위협이 될 가능성이라고……? 있을 수 없는 일이다. 나는 신이다. 사람뿐만 아니라 세계도 간단히 없앨 수 있는 내게 위협이라니? ……흥. 가소롭군. 다만 성가시긴 해. 뭐, 그것도 【신도】들을 보냈으니 곧 해결되겠지. 나의 부활은 이제 막을 수 없으니까.』

마신의 불꽃은 조용히 일렁이고서 마치 눈을 감듯 천천히 사라졌다.

《마성》과 《왕검》

“후우…… 다들 조금은 기운을 차렸을까.”

바바드르 마법 학원의 학원장인 바나바스는 학원제 뒷정리 중인 학생들을 바라보며 그렇게 중얼거렸다.

【마신교단】의 습격으로 학원의 분위기는 어두웠고 그것을 조금이라도 불식하려고 학원제를 연 것이었지만, 결과적으로 학원 내 분위기가 조금 좋아졌기에 바나바스가 노린 대로 되었다.

“……모두가 다 즐긴 것은 아니지만…….”

학원제 자체를 탐탁지 않게 여겼던 자가 있는 것도 사실이었다.

그 필두가 S반…… 그중에서도 【카이젤 제국】 출신들이었고, 용사들도 학원제를 솔직하게 즐기는 자는 별로 없었다.

“젊은이들에게 조금이나마 마음 편히 지내는 시간을 제공하고 싶었는데…….”

다시 한숨을 쉬고 바나바스도 뒷정리를 하려고 했을 때였다.

“……뭐지?”

불현듯 바나바스의 지각 범위에 묘한 기운이 감지됐다.

누군가가 전이 마법을 써서 바바드르 마법 학원의 부지에 왔을 때의 감각이었다. 심지어 한 명이 아니라 더 많은 인간의 반응을 감지했다.

【마신교단】이 전이 마법을 써서 왔을 때는 마신의 가호로 바나바스조차 감지하지 못했었지만 이번에는 확실하게 느껴졌기에 【마신교단】의 관계자일 확률은 낮을 것이다.

하지만 난데없이 찾아온 것은 사실이어서 바나바스는 갑작스러운 내방자를 경계하며 만나러 가려고 했고—.

"하, 학원장님!"

"뭐지? 무슨 일인가?"

한 남교사가 학원장실에 뛰어 들어왔다.

남교사는 거칠게 숨을 몰아쉬며 바나바스에게 알렸다.

"벼, 병사들이! 【카이젤 제국】의 병사들이 왔습니다!"

"뭐라고?!"

"—갑작스레 방문해서 미안하군."

"……!"

별안간 목소리가 들린 곳을 보자 그곳에는 《왕검》— 자키아 길퍼드가 부하인 카이젤 제국 제2부대를 이끌고서 서 있었다.

"……이것 참…… 다양한 나라의 다양한 신분을 가진 자들이 모이는 이 땅에 그렇게 많은 병사를 데려오다니…… 대체 무슨 생각이신가? —《왕검》."

"……"

자키아는 바나바스의 물음에 바로 답하지 않고 한동안 눈을 감고 있다가 이내 조용히 앞을 보았다.

"《마성》 바나바스 에이브릿. 오늘부로 이 바바드르 마법 학원은 우리 카이젤 제국이 운영하겠다."

"호오……?"

짧은 말이었지만 그 말에서 흘러넘치는 압도적 위압감에 자키아 뒤에서 대기 중이었던 보좌 오르페 알몬드를 포함하여 카이젤 제국 제2부대 전원이 몸을 경직시켰다.

"무슨 말을 하려나 했더니…… 상당히 시답잖은 소리를 하는구먼. 아무 연락도 없이 갑자기 찾아와서 하는 말이 이곳을 카이젤 제국이 운영하겠다? ―나를 무시하는 것인가?"

"안타깝지만 폐하께서 결정하신 일이다."

그러나 자키아는 전혀 동요하지 않고 그렇게 말했다.

그 반응은 바나바스에게도 예상외여서 눈썹을 살짝 움직였다.

"……"

"……"

침묵이 찾아오고 얼마나 시간이 지났을까.

그 침묵을 깬 사람은 바나바스였다.

"싫다고 한다면?"

"그쪽에게 거부권은 없다."

자키아의 말을 듣고 바나바스가 풍기는 위압감이 한층 더 강해졌다.

숨이 턱턱 막혀서 오르페는 집에 돌아가고 싶어졌다.

"하아…… 그대들의 왕은 대체 무슨 생각을 하는 거지? 이곳은 유일하게 중립이 유지되는 땅일세. 그걸 한 나라가 운영하겠다니—."

"그건 걱정하지 않아도 돼. 왜냐하면— 카이젤 제국이 대륙을 지배했다고 할 수 있으니까."

"뭐라?!"

바나바스는 눈을 부릅뜨고 놀랐다.

그런 바나바스를 냉정하게 바라보며 자키아가 말을 이었다.

"아무래도 몰랐던 모양이군. 이 대륙에서 카이젤 제국에 반항하는 나라는 이제 네 곳뿐이다. 바르샤 제국, 윔블그 왕국, 동쪽 나라. 그리고— 마족들."

"무슨 말도 안 되는 소리를?!"

자키아가 말한 나라 외에도 대륙에는 열 개가 넘는 나라가 있지만, 자키아의 말이 사실이라면 문자 그대로 대륙 전체를 장악한 것이다.

게다가 윔블그 왕국은 물론이고 바르샤 제국과 동쪽 나라도 국가의 규모는 크지 않았다.

"대체 어떻게……."

"얼마 전에 마족과 윔블그 왕국의 교류회가 있었지. 마족의 왕인 마왕의 딸을 초대한 자리였기에 윔블그 왕국은 전국에 흩어진 S급 모험가를 소집했어. 그 틈을 타 우리는 각국의 수뇌부를 직접 노려서 인질로 잡는 데 성공했다. 이로써 어떤 나라도 카이젤 제국에 거역할 수 없어. 그렇게 대륙은 거의 폐하의 수중에 들어왔다."

바나바스는 믿을 수 없다는 표정으로 자키아를 바라보았다.

"맙소사…… 말도 안 돼. 설령 S급 모험가가 없더라도 강인한 병사와 장군들이 있을 터! 그들을 제치고 수뇌부를 직접 노리는 건 『초월자』가 아닌 이상—."

바나바스는 거기까지 말하고 깨달았다. 깨닫고 말았다.

"—『초월자』 《마성》 바나바스. 그 『초월자』의 칭호는 너 혼자만의 것이 아니야. ……나도 그 영역에 발을 들였다. 나뿐만이 아니지. 나보다 더 은밀하게 행동하는 자나 비슷하게 전투를 잘하는 자들…… 카이젤 제국의 전력은 네가 생각하는 것보다 더 강화됐다."

"말도 안 돼…… 있을 수 없는 일이야……! 얼마 전까지 그런 이야기는 전혀 듣지 못했네! 그런데 갑자기 왜?!"

카이젤 제국에서 최강이라고 불리는 《왕검》이 『초월자』가 된 것은 특별히 놀랍지 않았다.

하지만 자키아가 말하는 걸 보면 카이젤 제국에는 더 많은 『초월자』가 있는 것 같았다.

『초월자』는 아무나 될 수 있는 게 아니었다. 《왕검》 자키아나 《마성》 바나바스처럼 재능을 가진 극히 일부만이 도달할 수 있는 영역이었다.

그 영역에 이르기까지의 시간은 결코 짧지 않아서 오랜 단련과 방대한 전투 경험이 필요했다.

그런 『초월자』가 카이젤 제국에 많이 나타난 이유…… 혹은 **만들어 낸** 방법도 중요하고 신경 쓰이는 부분이지만, 그 이상으로 자키아의 말이 사실이라면 대륙의 정세는 간단히 기울어서 카이젤 제국의 독주 체재가 될 것이다.

바나바스는 멍한 상태로 쥐어짜듯 자키아에게 물었다.

"자네는…… 자네는 이걸로 좋은가? 선왕은 대륙 통일 따위 바라지 않았네……. 선왕을 존경하던 자네가 왜 지금의 왕이 하라는 대로 따르는 것인가? 백성들은, 병사들은 의문스럽게 여기지 않는가?"

"……나도 폐하의 생각을 고치려고 했어. 그리고…… 폐하를 죽일 생각도 했었지."

"자키아 님……."

지금까지 자키아의 갈등을 가까이에서 보았던 오르페는 슬픈 얼굴로 자키아를 바라보았다.

"그렇다면 왜? 왜 그만두는가……! 자네 정도의 힘이 있다면 카이젤 제국의 왕 따위—."

"무리다."

"—뭐라고?."

예상치 못한 말에 바나바스는 말을 잇지 못했다.

"나는 폐하를 죽일 수 없어. 아니, 나뿐만 아니라…… 이 세상에 사는 누구도 폐하를 이길 수 없다. ……그래, 바나바스. 너조차……."

"그게 무슨?! 대체 무슨 일이……."

바나바스는 저도 모르게 제2부대 사람들에게 시선을 보냈다. 다들 비통한 표정으로 고개를 숙이고 있었다.

그 표정이 모든 것을 이야기하고 있었다.

"대체…… 무슨 일이 일어나고 있는 겐가……? 카이젤 제국은…… 카이젤 제국의 왕은 대체……."

자키아는 비틀거리는 바나바스를 조용히 바라보다가 그대로 등을 돌렸다.

"바나바스. 나는 이대로 용사들을 데리고서 돌아가겠다. ……일주일. 딱 일주일 말미를 주지. 그동안 학원을 폐쇄해라. 학생들이 모국에 돌아가겠다고 한다면 우리는 조용히 보내 줄 것이다. 이게 최대한의 양보다. 만약 그런데도 계속 이어 가고자 한다면…… 그때는 이 토지를 통째로 유린하겠다."

"……!"

"……그럼 이만."

자키아는 부하들을 이끌고서 떠났다.

바나바스는 자키아를 붙잡고 싶었지만, 그 이상으로 주어진 정보와 충격이 커서 냉정하게 움직일 수 없었다.

"하, 학원장님……."

묵묵히 상황을 지켜본 교사가 떨리는 목소리로 바나바스를 불렀다.

"……카이젤 제국과 대륙의 현재 상황을 시급히 알아보게. 사흘…… 사흘 내로 최대한 정보를 모으는 걸세."

"네, 넵!"

교사는 서둘러 방을 나갔다.

그리고 바나바스는 천장을 올려다보았다.

"학원의 분위기가 밝아지자마자 왜 이런 일이……."

한탄해 봤자 결과는 바뀌지 않는다.

지금은 그저 자키아의 말이 사실인지 아닌지…… 조금이라도 빨리 정보를 모아야 했다.

—그리고 일주일 후, 자키아는 용사들을 데리고 카이젤 제국에 돌아갔고…… 바바드르 마법 학원은 폐쇄하기로 결정됐다.

학원 폐쇄

"—학원을 폐쇄하게 되었습니다……."

"네?"

『허?』

학원제로부터 닷새 후.

조례 시간 전에 오리가와 함께 수업에 필요한 물건을 챙겨서 교실로 돌아오니 베아트리스 씨가 그렇게 말했다.

어? 아니…… 폐쇄?

…….

"폐쇄애애애애애애애애?!"

『네에에에에에에에에에?!』

"어이, 왜 세이이치까지 놀라는 거야?!"

학생들과 함께 놀라자 어째선지 F반에 있던 알이 그렇게 지적했다. 어? 몰랐기 때문에 놀랐는데요?!

그러자 베아트리스 씨가 미안해하는 얼굴로 가르쳐 줬다.

"죄송해요…… 세이이치 씨가 수업에 쓸 교재를 가지러 간 사이에 직원실에서 학원장님이 알렸거든요. 그 내용이 너무 충격적이라서 세이이치 씨가 그 자리에 없었다는 것도 눈치채지 못했어요…….”

“……아아! 확실히 그때 세이이치는 없었지. 나도 지금까지 깜빡했어…….”

“내 존재감 희미하네! 상관없지만!”

뭐, 확실히 학원을 폐쇄한다는 말을 들으면 나를 신경 쓸 여유 따위 없겠지.

알이 이 교실에 있는 것도 혹시 학원이 폐쇄되기에 수업이 없어져서?

아니, 근데 너무 갑작스럽지 않아?! 뭐가 어떻게 돼서 그런 결정이 난 거야?!

확실히【마신교단】이란 녀석들의 습격으로 학원에 대한 불신감이 커졌다는 건 알지만, 그 불신감과 어두운 분위기를 전환하기 위해 바나 씨가 학원제를 연 거였잖아! 폐쇄하면 의미가 없어!

뭣 때문에 그 창피한 시간을…… 아, 떠올렸더니 죽고 싶어졌다. 이 이상은 좋지 않다.

“베, 베아트리스 누님! 왜 이렇게 갑자기 그런…….”

아그노스가 무의식적으로 말이 나온 듯 그렇게 묻자 베아트리스 씨는 표정을 흐리고서 일순 브루드를 보았다.

“……듣기로는, 이 학원을 카이젤 제국이 운영하게 되었다고 합니다.”

“그게 무슨?!”

"……?! 맙소사!"

카이젤 제국이? 어째서?

이것저것 하고 싶은 말은 있지만, 카이젤 제국의 2왕자인 브루드도 몰랐는지 우리와 함께 깜짝 놀랐다.

"말도 안 돼! 아무리 카이젤 제국이…… 아바마마가 세계 통일을 노리고 있더라도, 이 학원은 각국에서 보내는 지원금과 인재, 그리고 학생들로 꾸려 나가고 있어. 그걸 일방적으로 배척하고 운영하면…… 각국이 가만있지 않을 거야."

"자세한 이야기는 저도 듣지 못했지만…… 지금 이 대륙은 대부분 카이젤 제국의 세력권이 됐다고 합니다."

"하아?! 그게 무슨 말이죠?! 왜 그렇게 된 거야?! 아무리 대국이라지만 고작 한 나라잖아!"

아그노스의 말대로 베아트리스 씨의 말은 도저히 믿기 힘들었다.

만약 카이젤 제국이 뭔가 트집을 잡아서 타국을 침략한다면, 다른 나라도 경계하거나 동맹을 맺는 등 대책을 세울 터다.

그 대책이 그렇게 간단히 무너질까? 심지어 전 세계를 통일해서 관리할 수 있을까? 무리다.

"……잠깐만. 카이젤 제국의 세력권이 됐다는 건 침략당했다는 거지……? 그것도 대부분이……! 바르샤 제국, 바르샤 제국은 어떻게 됐어?!"

"어이, 헬렌?!"

"지지지, 진정해! 가, 갑자기 왜 그래?!"

멱살이라도 잡을 기세로 베아트리스 씨에게 다가가려고 하는 헬렌을 다른 학생들이 필사적으로 달랬다.

바르샤 제국? 들어 본 것 같은데…… 어떤 상황에서 들었는지 생각이 안 난다.

그보다 헬렌의 반응을 보면 모국인 걸까?

"헬렌 양, 진정하세요. 대부분의 나라가 실질적으로 지배를 받게 된 것 같지만, 그런 와중에도 윔블그 왕국, 바르샤 제국, 동쪽 나라, 그리고 마족의 나라는 계속 저항하고 있다고 해요. 다만 당장에라도 전쟁이 일어날지 모르는 상황이라 이 교착 상태가 얼마나 이어질지는……."

"……그 말을 듣고 안심했어. 강해지기 위해 세이이치를 따라왔는데 정작 지켜야 할 나라가 사라졌다면 나는……."

"네. 저도 스승님 밑에서 배우고자 따라왔습니다. 그런데 돌아가야 할 조국이 없다면 웃을 수 없는 일입니다."

"……."

그렇지…… 루티아와 루이에스는 이 상황과 무관하지 않다. 물론 나도 그렇지만.

루티아는 마족들의 제지를 뿌리치고…… 뭐, 결과적으로 허락은 받았지만, 나를 따라왔다. 강해지기 위해.

물론 【마신교단】으로부터 몸을 지킨다는 의미도 있지만,

그 이상으로 강해지겠다며 조라가 있었던 던전에서 결심했었다.

루이에스도 란제 씨를 어떻게든 설득하고 이곳에 왔다.

……그래도 베아트리스 씨의 말이 사실이라면 부모님이 계신 윔블그 왕국은 괜찮은 거겠지. 병사분들과 길드원들이 있으니까 별로 걱정은 안 되고, 무엇보다 제아노스와 전 용사, 그리고 사리아의 부모님까지 있으니까……. 어라? 과잉 전력인 것 같은데…… 뭐, 좋은 게 좋은 거지!

아무튼 바르샤 제국이란 곳이 무사하다고 들은 헬렌은 그 자리에 주저앉아 버렸다. 으음…… 정말로 왜 그러는 걸까?

"……이야기를 계속하겠는데, 카이젤 제국이 많은 나라를 지배하에 두게 되면서 이 학원을 여러 나라가 함께 운영할 수 없게 되었습니다. 그리고 일주일쯤 전, 그 취지를 학원장님께 직접 전한 모양이라……. 지금 당장 학원을 폐쇄하면 학생 여러분이 모국으로 돌아갈 때까지 건드리지 않겠다고 약속했다고 합니다."

"……그렇군. 그 이야기를 가져온 사람은 제2부대의 대장인가."

"엉? 아는 사람이야?"

"……뭐, 그렇지. 만약 다른 부대 사람이 왔다면 그렇게 간단히 학생들을 풀어 줄 리가 없어. ……오히려 태연하게 인질로 썼겠지. 그렇기에 그런 제안을 할 만한 사람은 한 명뿐이야."

"……야, 너희 나라를 나쁘게 말하고 싶진 않지만, 양아치야?"

"……뭐라고 할 말이 없어. 미안하다."

드물게도 브루드가 아그노스의 말에 고개를 숙였다.

뭐, 어쨌든 왜 폐쇄하는지는 알았다. 납득은 안 되지만.

폐쇄하는 이유와 함께 또 하나 물어보고 싶은 것이 있었다.

"저기…… 뭐 하나 물어봐도 될까요?"

"네, 뭔가요?"

"브루드의 말과 베아트리스 씨의 이야기가 사실이라면 학생들은 여하튼 가족 곁으로 돌아갈 수 있는 거죠?"

"네, 그렇죠. 학원장님도 학생들의 안전을 생각하여 이런 결단을 내리셨다고 했습니다."

"그렇군요…… 그럼 저희 교사들은요?"

"해고입니다."

"어머, 싫다. 단적이야!"

"너는 좀 변해라!"

알에게 머리를 얻어맞고 말았다. 아니, 변하라고 해도…… 이게 내 퀄리티라서.

근데 나는 지금은 교사지만 지구에서는 학생이었고, 설마 퇴학 전에 해고를 경험하는 거야? 휘유~! 레어하네!

뭔가 이것저것 정보가 너무 많아서 상태가 이상한 나를 내버려 두고 베아트리스 씨는 학생들을 둘러보았다.

"……사실은 이대로 여러분을 끝까지 가르치고 싶었지만…… 아무래도 그건 이루어질 수 없을 것 같습니다. 후후…… 최근에는 다들 착실하게 공부해서 시험을 기대했는데……."

"베아트리스 씨……."

베아트리스 씨는 학생들이 마법을 쓰지 못했을 때부터 줄곧 진지하게 마주하며 가르쳐 줬다. 그게 이런 형태로 끝날 줄 누가 상상이나 했을까.

"……자, 슬퍼할 시간은 없습니다. 오늘은 마지막 확인차 카이젤 제국에서 한 번 더 찾아온다고 합니다. 카이젤 제국 출신 학생과 용사들은 첫 방문 때 데려갔다는 모양이지만, 다른 분들은 지금부터 짐 정리를—."

"자, 잠깐만요!"

나도 모르게 베아트리스 씨의 말을 자르고 말았다.

아니, 그치만……!

"이미 데려갔다니…… 용사들은 지금 학원에 없는 건가요?!"

확실히 학원제 뒷정리를 할 때부터 칸나즈키 선배가 안 보인다고 생각은 했지만, 선배를 포함한 용사들이 부스를 낸 것도 아니고, 무엇보다 다른 용사들에게 지시를 내린다든가 하는 일 때문인 줄 알았다.

하지만 그 뒤로도 못 봤다. ……아니, 칸나즈키 선배가 돌격해 오지 않는 한, 평소에는 만날 일이 없었다.

그래서 특별히 의식하지 않았지만…….

"세이이치 씨. 받아 주세요."

"어? 이건……."

초조해하는 내게 베아트리스 씨가 편지 한 장을 건넸다.

"학원장님에게 받았습니다. 칸나즈키 씨가 맡긴 편지라고 합니다."

"……!"

나는 서둘러 편지를 펼쳐서 내용을 훑어보았다.

그리고…….

"……칸나즈키 선배는 한결같구나."

편지에는 『팔찌의 효력이 사라졌기에 더욱이 선생님들과 다른 용사들을 버릴 수 없다. 나는 내가 할 수 있는 일을 하겠다』라는 칸나즈키 선배의 말과 함께 너는 네가 할 수 있는 일을 하라고 적혀 있었다.

옛날부터 칸나즈키 선배는 자신은 뒷전이고 다른 모두를 도왔다.

그렇기에 다른 사람들도 칸나즈키 선배를 따르고 존경했다.

그건 이 세계에 와서도 역시 변함없었다.

……아니, 어떤 의미에서 특수한 방향으로 변하기는 했지만!

"……하지만 그게 다가 아니겠지."

칸나즈키 선배는 줄곧 나를 귀찮은 일에 끌어들이지 않으려고 했다.

그래서 내게 말하지 않았을 것이다. 물론 카이젤 제국이 나를 만나러 오는 걸 허락해 주지도 않겠지만.

"후우…… 여러 가지로 정말 납득할 수 없지만…… 여기서 제가 난리를 피워도 소용없겠죠."

솔직히 왜 우리를 가만 내버려 두지 않는 거냐는 생각만 들었다.

F반 학생들도 본인이 원해서 이곳을 떠나는 게 아니었다.

정말로…… 전쟁이란 뭘까…….

반 전체가 어두운 분위기에 휩싸인 가운데, 브루드가 별안간 우리를 향해 머리를 숙였다.

"……정말 미안하다. 내 나라가…… 아바마마 때문에, 이런 일이……."

고개 숙인 브루드의 얼굴은 보이지 않았으나 그 목소리는 떨리고 있었다.

하지만—.

"하아…… 야, 저번에도 비슷한 말을 했지만, 너는 관계없잖아? 거지 같은 짓을 저지르고 있는 것도, 나쁜 것도 전부 너희 아빠잖아. 네가 사과하지 마!"

"마마, 맞아요! 브루드 군의 탓이 아니에요!"

"……신경 쓰지 말라고 해도 무리겠지만…… 네가 자책할 일은 아니야."

아그노스와 레온, 그리고 베어드가 말한 대로 브루드에게는 잘못이 없을 터다.

그저 카이젤 제국의 2왕자일 뿐이고, 그 출신도 본인이 고를 수 있는 게 아니었다. 그걸 비난하는 건 이상했다.

그런 모두의 말을 듣고 브루드는 고개 숙인 채 몸을 떨었다.

"아바마마…… 대체 왜……. ……미안해…… 정말로 미안해……."

"브루드……."

……카이젤 제국에 대해 거리낄 게 아무것도 없었다면 뭔가 행동했을지도 모르지만…… 브루드에게 카이젤 제국의 임금님은 아버지란 말이지.

여러 가지로 복잡한 심경이지만, 나도 부모님이 소중했다. 내가 브루드였다면…… 곧장 행동하지는 못했을 것이다.

…………응, 결심했다.

"베아트리스 씨. 곧 카이젤 제국에서 사람이 오는 거죠?"

"네? 아, 네."

"혀, 형님?"

내가 질문하자 베아트리스 씨와 아그노스가 의아한 표정을 지었다.

"이것저것 생각했지만…… 인생 경험도 없고, 무엇보다 머리가 좋지 않은 저는 어떻게 하는 게 정답인지 모르겠어요."

카이젤 제국을 어떻게든 하려고 해도, 그 나라에 사는 백성들은 아무 관계도 없는 사람들이었다.

나는 그걸 어떻게도 할 수 없다.

그러니까…….

"어차피 오늘부로 해고인 것 같으니 이왕 이렇게 된 거 확 저지르자고요!"

『엥?』

내 말에 학생들은 얼빠진 표정을 지었다.

불평

"—바나바스. 오늘이 약속한 날이다. 준비는 됐나?"

"……."

나— 자키아 길퍼드는 다시 바바드르 마법 학원에 와 있었다.

이 바바드르 마법 학원은 전 세계의 나라로부터 돈과 교사 등의 인재를 지원받음으로써 중립적으로 운영되어 왔다.

물론 그런 학원이어도 완전한 중립은 어려워서, 보이지 않는 곳에서 이권 관계가 크게 움직이고 있었다.

그래도 중립은 중립.

계속 중립으로 있을 수 있는 이 학원은 아주 희귀한 존재였다.

……하지만 그것도 이제 끝이다.

나의 조국인 카이젤 제국의 왕, 셸드 월 카이젤 님이 세계 통일에 나섰기 때문이다.

처음에는 나도 반대했다.

나의 은인이기도 한 선왕의 사상과 크게 어긋난 일이기도 했지만, 무엇보다 전력과 자원 등을 생각해 봐도 현실적이지 않았다.

그렇기에 폐하가 세계 통일을 강행했을 때는…… 폐하를 치자고 생각했다.

하지만— 그건 이루어지지 않았다.

설마 폐하에게…… 아니, 왕족에게 그런 비장의 패가—.

"……정말로 이 학원을 폐쇄하면 학생들은 무사히 집으로 돌아갈 수 있는 거겠지?"

사고의 바다에 잠겨 있는데 학원장 바나바스가 험악한 얼굴로 그렇게 물었다.

"그래. 그건 보증하지. 이 학원의 학생들이 무사히 돌아갈 때까지 일절 건드리지 않겠다. 실제로 학원에 남아 있는 자는 이제 얼마 없지 않나?"

"……흥. 다른 사람이 말했다면…… 믿지 않았겠지만……."

……바나바스는 결코 나를 신용하는 게 아니었다.

그저 내가 아닌 다른 사람이었다면 반드시 학생들에게 무슨 짓을 했으리라고 생각하는 거다.

그리고 그 생각은 틀리지 않았다.

만약 여기 있는 사람이 내가 아니었다면 교섭이고 뭐고 없이 그대로 학원을 제압하고 학생들을 인질 혹은 교섭 재료로 삼았을 것이다.

그걸 가능케 하는 전력이…… 지금의 카이젤 제국에는 있다.

"뭐, 좋아. 그럼 이로써 바바드르 마법 학원은 카이젤 제국의—."

"—잠깐 기다려어어어어어!"

"……?!"

"무슨?! 세, 세이이치 군?!"

갑자기 학원장실에 난입자가 나타났다.

그 수상쩍은 자는 후드를 눌러쓰고 있어서 얼굴을 볼 수 없었다. ……이 남자는 누구지?

뒤이어 그 밖에도 여러 사람이 숨을 몰아쉬며 찾아왔다.

"어, 어이…… 세, 세이이치…… 너…… 발이 너무 빠르잖아……."

"……그보다 이 남자 진짜로 난입했어……."

자세히 보니 폐하의 둘째 아드님인 브루드 님도 있었다.

느닷없이 난입한 남자를 향해 내 부하 중 한 명이 언성을 높였다.

"네놈은 누구냐! 지금 우리 대장님과 이 학원의 학원장이 중요한 이야기 중이다! 그걸 방해하다니…… 어떻게 될지 알고도 이런 짓을 하는거냐?!"

"몰라요! 하지만 오늘 해고되는 것 같아서 불평하러 왔습니다!"

"부, 불평?!"

"확실하게 선언했어?!"

너무 떳떳하게 말해서 어안이 벙벙해졌다.

후드 쓴 남자는 멍해진 나를 보더니 손가락을 척 들었다.

"거기 당신! 가장 높은 사람인 것 같으니까 그쪽한테 말할게요. 일단 민폐예요! 저 해고된다고요, 해고! 모가지! 제 심정을 아시나요?! 만약 경험한다면 퇴학이 먼저일 줄 알았는데 해고를 먼저 경험하다니…… 엄청 레어해!"

"으, 음?"

이 남자는 뭐지. 무슨 말을 하고 싶은 거야.

"세계 통일이고 나발이고 혼자서 해 주실래요? 이렇게 다른 사람을 안 끌어들였으면 좋겠는데요! 높으신 분들에게 휘둘리는 우리 소시민의 심정도 생각해 달라고요! 우리는 무력하니까요!"

"네가 무력하다는 건 사기지!"

"그건 말이 심하지 않아?!"

여전히 상황을 이해하지 못하는 우리를 내버려 두고서 의문의 남자와 그를 따라온 갈색 피부 여자가 부부 만담 같은 대화를 나눴다. 우리는 뭘 보고 있는 거지?

지금까지 완전히 이 공간의 분위기를 장악하고 있었을 터인 우리가— 어느새 한 남자에게 휘둘리고 있었다.

◆ ◇ ◆

나— 히이라기 세이이치는 별생각 없이 정말로 그저 불평하려고 학원장실에 돌격했고, 그 결과 뭔가 우락부락한 갑옷 차림의 남성들과 바나 씨가 대화하는 데 끼어들게 되었다. 이야~ 생각 없이 돌격했는데 이렇게 불평할 상대가 있다니 운이 좋네! 평소보다 더 즉흥적으로 와 버렸어!

그리고 지금은 일단 내가 느낀 바를 가장 지위가 높아 보이는 남자에게 털어놓고 있었다.

"애초에 말이죠, 여기 있는 브루드! 카이젤 제국의 다른 아이들과 용사는 먼저 데려갔으면서 왜 브루드는 놓고 간 거죠?!"

"드, 듣고 보니……!"

브루드도 내 말에 고개를 끄덕이고서 눈앞에 있는 대장 같은 남자를 보았다. 남자는 어색하게 시선을 피했다.

"이, 잊어버렸습니다……."

"나는 잊힌 건가?!"

설마 설마했던 사실이다! 그래도 왕자님이잖아! 이제는 그냥 카이젤 제국이 하는 모든 일이 놀라워!

내게 지적받은 남성은 헛기침한 후 날카로운 눈으로 나를 보았다.

"아까부터 조용히 듣고 있자니……. 너는 대체 누구지? 미안하지만 외부인은 돌아가라."

아…… 확실히 이름을 안 말했다. 심지어 상대는 윗사람인데.

아무리 불평하러 왔다지만 예의는 확실히 갖춰야겠지! ……뭐, 갓슬한테는 첫 만남이라든가 여러 사정 때문에 존댓말을 안 쓰지만. 미안!

"크흠! 어어, 학원장 바나 씨에게 교사로 고용된 모험가 히이라기 세이이치입니다."

"모험가……?"

"어이어이, 모험가라면…… 어느 나라에도 소속되지 않은 부랑자들이잖아."

"그리고 이름을 보면 동쪽 나라 출신인가?"

내가 이름을 밝히자 병사들이 술렁거렸다. 그렇게 이상한 자기소개였나?

"그런가. 나는 카이젤 제국 제2부대 대장, 자키아 길퍼드다. 이 바바드르 마법 학원의 폐쇄와 운영을 위해 파견됐다."

내가 고개를 갸웃하고 있으니 가장 지위가 높아 보였던 남성— 자키아 씨도 이름을 말해 줬다.

"세이이치. 너는 불평하러 왔다고 했지만…… 불평해서 어쩔 셈이지?"

"뭘 어쩌자는 건 아니고, 그냥 불평하러 온 건데요?"

"뭐?"

"네?"

『…….』

어째선지 학원장실에 침묵이 찾아왔다.

어라? 이상한 말을 했나? 알도 놀라고 있지만, 내가 분명 불평하러 간다고 말했을 텐데…….

"아니, 왜 혼자 정상이라는 얼굴이야?! 애초에 불평하러 가는 것 자체가 이상하니까, 그 후에 뭔가 있을지도 모른다고 생각하게 되잖아!"

알에게 지당한 지적을 받고 말았다.

자키아 씨는 한숨을 쉬었다.

"하아…… 시간 낭비였군."

"네?"

"네가 뭐 하는 놈이고 어떤 경위로 여기 왔는지는 모르겠지만…… 아무리 불평한들 소용없다. 이건 카이젤 제국이 정한 일이고 누구도 뒤집을 수 없어."

"아니아니아니, 이상하잖아요! 확실히 불평하러 온 건 자기만족이지만!"

"역시 자기만족인가……."

브루드가 피곤하다는 듯 중얼거렸다. 미안, 용서해 줘! 기본적으로 기세만 가지고서 살고 있거든!

"자기만족이지만, 카이젤 제국의 결정이 절대적이라는 건 납득할 수 없어요. 애초에 왜 이 학원을 폐쇄해야 하는 거죠?"

"간단해. 카이젤 제국의 제왕, 셸드 월 카이젤 님이 세계 통일에 나서며 전쟁이 시작됐기 때문이다."

"그게 누군데요?"

“누, 누구냐니!”

카이젤 제국의 제왕이라는 건 알겠지만 모르는 사람이다.

“뭐, 그 제왕님이 세계 통일에 나섰다는 건 알겠어요. 근데 그게 필요한 일인가요? 일부러 전쟁을 벌이면서까지? 세계 통일이라고 했으니까 카이젤 제국의 국민을 위한 것도 아니잖아요?”

“……확실히 이번 전쟁은 국민을 위해 벌이는 전쟁이 아니야. 그저 폐하의 욕망에 의한 전쟁이지.”

“그럴 수가…… 아바마마…….”

자키아 씨의 말에 브루드의 표정이 더 어두워졌다.

그런 브루드를 보고 아그노스가 뭔가 말하고 싶어 했지만 베아트리스 씨가 말렸다. 하긴, 여기서 아그노스가 나서면 괜히 더 복잡해지니까.

내가 오지 않았으면 안 복잡해졌을 거라고? ……그렇긴 하지!

“으음…… 저기, 그런 전쟁이 인정되는 건가요? 한 사람의 욕망 때문에 벌이는 전쟁을 국민이 용납하나요? 적어도 저는 싫은데요…….”

“이미 폐하가 결정하신 일이다. 애초에 너는 카이젤 제국의 국민이 아니고 거부권도 없다.”

“모르는 타인한테까지 인권을 부정당했어!”

나, 인권 부정당하는 일이 너무 많지 않아? 종족에 적혀 있던 【인간】, 살아 있니?

"애초에 전력 면에서 이길 수 있을 거라고 생각하나요? 세계 VS 카이젤 제국 같은 거잖아요? 그리고 그런 개인적인 욕망 때문에 전쟁하는 걸 여러분은 납득한 건가요?"

"……."

"어? 납득 못 한 거야?! 납득 못 했으면 왜 따르는데?!"

무슨 사정이 있는지 모르겠지만 그건 이상하잖아!

납득하지 못했다면 쿠데타? 라든가 데모? 같은 걸 일으키면 된다.

모든 국민이 이 전쟁에 찬성한다면 어쩔 도리가 없지만, 이 전쟁을 전면적으로 기뻐하는 사람이 과연 있을까?

그렇기에 내란이 벌어질지도 모르지만, 적어도 찬성파보다 반대파가 더 많으니까 쿠데타를 일으키면 성공할 것이다.

내가 말하고자 하는 바가 전해졌는지 모르겠으나 자키아 씨는 고개를 가로저을 뿐이었다.

"무리다. 이제 폐하를 막을 수 있는 자는 아무도 없어. ……지금 폐하는 인간이 아니라 이 세상에서 가장 강한 존재가 됐다."

"이 세상에서 가장 강한 존재?"

뭐야, 그거. 누굴 말하는 거죠? 다음에 만났는데 상대가 괴물이면 화낼 거예요.

자키아 씨가 말하는 걸 보면 마치 괴물이라도 된 것 같은 말투인걸.

무심코 고개를 갸웃했지만, 자키아 씨는 그 이야기를 자세히 할 생각이 없는 것 같았다. 아쉽다.

"……그리고 카이젤 제국이 세계를 상대로 이기지 못하리라고 생각하는 것 같은데, 그건 틀렸다."

"엥?"

그 순간, 자키아 씨는 어째선지 허리에 차고 있던 검을 뽑았다.

그걸 신호로 다른 병사들도 검을 뽑았다.

"—나와 동등하거나 비슷한 실력을 가진 병사가 수만 명이나 있으니까."

"그게 무슨?!"

"윽?! 이, 이 압력……!"

자키아 씨와 병사들이 검을 뽑은 순간, 근처에 있던 브루드와 아그노스, 그리고 바나 씨의 얼굴이 파래졌다.

"이 정도도 못 버틴다면 이야기할 가치가 없군. ……무리도 아니지. 《왕검》이라고 불리는 나와 동등한—."

"아니…… 그래서요?"

"뭐?"

"어?"

내가 질문하자 자키아 씨뿐만 아니라 바나 씨와 학생들, 그리고 제2부대 병사들이 얼빠진 표정을 지었다.

"못 들었나? 《왕검》인 나와 동등한 존재가 수만 명이나 있어."

"와, 왕검? 무지해서 죄송하지만…… 유명인인가요? 자키아 씨 같은 유명인이 잔뜩 있다는 뜻인가요?"

"……어이, 세이이치. 진심으로 하는 소리야? ……라고 나도 말하고 싶지만……."

내가 혼란스러워하자 알이 이마를 짚더니 천장을 보며 중얼거렸다.

자세히 보니 학생들과 베아트리스 씨는 자키아 씨가 검을 뽑은 순간 괴로워했지만, 나와 사리아, 알, 루루네 등 조라가 있었던 던전에 함께 갔던 멤버들은 아무렇지도 않아 보였다. ……어라? 자키아 씨가 뭔가 했던 거야?

"마, 말도 안 돼! 너희는 왜 태연한 거지?! 여기 있는 제2부대는 모두 『초월자』의 영역에 발을 들였어!"

"아, 저희랑 똑같네요."

『푸학?!』

내 말에 자키아 씨뿐만 아니라 바나 씨와 학생들도 뿜었다. ……그러고 보니 『초월자』는 대단한 거랬나? 가까운 사람들이 전부 『초월자』라서 마비됐었다. 주위에 강한 사람이 너무 많단 말이지. 길드 본부 사람들도 그렇고, 제아노스 일행도…….

"으음, 어쨌든 그 『초월자』가 많이 있으니까 이길 수 있다는 거죠?"

"그, 그래."

어…… 정말 그럴까? ……길드 본부 녀석들에게 일방적으로 당하는 미래만 보이는데…….

그리고 가령 카이젤 제국이 윔블그 왕국에 쳐들어가더라도 지금은 루시우스 씨와 제아노스도 있다. ……정말로 이길 수 있는 거야? 레벨 500을 넘으면 『초월자』잖아? 제아노스는 애초에 레벨이 1500이라고.

한 번 더 머릿속으로 전투 시뮬레이션을 돌려 봤다.

…….

"심심한 위로를 전합니다……."

"넌 진짜 뭐야?!"

어이쿠, 소리 내서 말한 모양이다. 죄송합니다.

원래부터 무리라고 생각했던 카이젤 제국의 세계 통일이 한층 더…… 아니, 불가능하다는 생각이 확고해졌다.

"……너의 언동을 보아하니 거기 있는 여자들은 『초월자』겠지."

"네에……."

"하지만 너는 어떻지? 너에게서는 강자의 분위기나 행동거지가 전혀 보이지 않아. 그런 네가 나를 이길 수 있을 것 같지는 않군."

"네?"

강자의 분위기? ……그야 저는 평범한 일반인이라서 무슨 달인처럼 『이 녀석…… 능력자다……!』라는 분위기는 못 풍

겨요. 뭐, 명계에서 달인처럼 『거기 있지?』 하는 느낌으로 생명력을 감지하는 기술은 익혔지만요.

그러니까 알, 『이 녀석, 진심인가』라는 눈으로 자키아 씨를 보지 마! 사리아랑 다른 동료들도 미묘한 얼굴로 서로 마주 보지 마!

"나조차 이기지 못하는 자가 폐하를 이길 수 있을 리가 없지. 이기지 못하면 불평도 할 수 없다. 너에게 무력함이란 것을 맛보여 주마."

"엥? 저기…… 무슨 말인가요?"

갑자기 분위기가 심상치 않아져서 조심조심 물어보자 자키아 씨는 담담히 대답했다.

"간단한 얘기다. 너와 싸워서 네가 무력하다는 걸 알려 주겠다."

"무슨 과정을 거쳐서 그렇게 된 거야?!"

마족군 사람들도 그렇고, 이 세계는 근육뇌들밖에 없어?!

그저 불평하러 왔을 뿐인데 어째선지 영문도 모른 채 모의전을 벌이게 되었다.

《인간》 VS 《왕검》?

“저기…… 그만두지 않을래요? 싸움은 아무것도 낳지 못해요!”

“…….”

“말없이 검을 손질하지 말아 주세요!”

그 후, 저항한 보람도 없이 나는 자키아 씨에게 연행되어 투기장으로 이동했다.

내가 그만두자고 하는데도 자키아 씨와 다른 병사들은 매우 호전적이었고, 동료들은 나를 응원하기 시작하며 아무도 말리지 않았다. 그거 알아? 싸우는 건 나다?

“그, 그럼 우리 대화해요! 우리에게는 입이 있고 말이 있어요! 자, 레츠 토크!”

“말은 필요 없다. 검으로 말하겠다.”

“검에는 입이 안 달려 있거든요?!”

왜 다들 검으로 말하려 드는 거야!

이 세계 사람들은 입을 다 장식으로 달고 있어?!

그렇게 혼자 난리를 피우고 있으니 자키아 씨가 손질하던 검을 검집에 넣었다.

"아…… 드, 드디어 대화할 마음이 든 거군요!"
"너 따위는 발검 일격으로 충분하다."
"진짜 왜 그렇게 공격적이야?"
이 세계 사람들은 싸우지 않으면 진정이 안 돼? 가르쳐 줘요, 할아버지!
『아닙니다.』
생각도 못 한 대답이 돌아왔다! 어, 어디서?! 알프스의 할아버지가 여기 있는 거야?! 여긴 이세계인데?!
『할아버지가 아닙니다. 세계입니다.』
응, 내 머리가 이상해졌나 보다.
뭐, 어쩔 수 없지. 던전을 날려 버리기도 하고, 인간에서 좀 과하게 벗어났으니까.
명계도 아닌데 세계의 목소리가 들리다니 이상하네!
아무래도 최근 여러 가지 일이 너무 많이 일어나서 지친 모양이다. 기분을 전환하기 위해 머리를 흔들자 자신을 세계라고 밝힌 이상한 목소리는 더 들리지 않았다. 좋아, 정상. 하지만 조만간 병원에 가자. 내 머리가…… 아니, 몸이 이상하다. 무심코 뭔가를 구해 낼 정도로.
"어, 어쨌든! 폭력은 안 된다고 생각해요!"
"……."
"진짜 뭐라고 말 좀 해 주실래요?! 대화는 캐치볼이에요! 지금 저는 벽에다 혼자 던지고 있다고요!"

"닥쳐라. 아무리 네가 혀를 놀려 봤자 소용없다."

"돌아온 말이 신랄해!"

"시끄럽다. 입 다물고 검을 뽑아라."

"캐치볼이 안 되잖아아아아아아아아! 일방적으로 강속구를 날려 대고 있어……!"

내 캐치 글러브는 그렇게 두껍지 않다고. 조만간 울어 버린다?

전미가 울 만큼 필사적으로 호소한 보람도 없이 자키아 씨는 담담히 준비하고서 냉담한 눈으로 나를 보았다.

"하나 말해 두지. 이 승부……라고 부를 수도 없는 결과가 되겠지만, 너는 아무것도 못 하고 끝날 거다."

"네?"

나, 거의 강제적으로 싸우게 됐는데 아무것도 못 하는 거야?! 나는 왜 있는 거지?!

"……너에게 무력함을 가르쳐 주마. 바나바스, 심판을 부탁한다."

"으, 음……."

바나 씨는 나를 걱정스럽게 보았지만 이내 포기한 듯 한숨을 쉬었다. 어? 말려 주지 않는 거야?

"그럼…… 《왕검》 자키아 대 세이이치의 시합…… 개시!"

시작돼 버렸어!

어, 어쩌지? 싸워야만 하는 걸까…….

내가 당황하든 말든 자키아 씨는 칼자루를 잡았다.
"그럼 이걸로 끝이다. ―죽어라!"
"이거 모의전이지?!"
살의 넘치는 자키아 씨의 말에 놀라고 있는 동안 자키아 씨는 단숨에 검집에서 검을 뽑으려 했고―.
"으헉?!"
―성대하게 고꾸라졌다.

자키아는 처음 겪는 일에 당황을 숨기지 못했다.
지금까지 어떤 상황에서도 빈틈을 보이지 않았고, 격이 낮은 상대라면 단칼에 전부 끝내 왔는데, 설마 싸우기도 전에 아무것도 없는 곳에서 넘어질 줄은 몰랐기 때문이다.
이번에도 확실하게 투기장의 바닥을 확인했고, 넘어질 요소는 전혀 없다고 생각했었다.
하지만 막상 세이이치에게 돌격하려고 하니 마치 몸이 모든 것을 거부하듯 움직이지 않았고, 결과적으로 지면에 얼굴을 처박게 되었다.
"저, 저기…… 괜찮으세요? 꽤 세게 넘어졌는데……."
"……."
게다가 싸워야 할 상대인 세이이치마저 걱정해서 자키아

는 얼굴이 뜨거워졌다.

하지만 그 감정이 겉에 드러나지 않도록 표정을 관리하며 몸을 일으켜 조용히 검을 뽑으려고 했다.

"흡— 끄으?!"

그리고 검은 빠지지 않았다.

아무리 힘을 줘도 자키아가 자랑하는 【마보검 피프티아】는 검집에서 나오지 않았다.

마치 검으로서의 역할을 포기한 듯, 지금까지 전장을 함께 헤쳐 나왔을 터인 마보검이 움직이지 않았다.

—뭐지. 무슨 일이 벌어지고 있는 거야?!

자키아는 자신에게 벌어지고 있는 현상에 혼란스러워졌다.

어떤 의미에서 적이 앞에 있는데도 자키아는 필사적으로 검을 뽑으려고 애썼다.

하지만 그래도 자키아의 검은 마치 세이이치와 싸우기를 거부하는 것처럼 움직이지 않았다.

그렇게 자키아가 필사적으로 검을 뽑으려 하는 동안, 세이이치도 어쩌면 좋을지 알 수 없어서 그저 조용히 보고 있을 수밖에 없었다.

그러자 속이 끓은 자키아는 뽑는 걸 포기하고 검을 검집에 넣은 채 상단으로 들었다.

"검이 뽑히지 않아도 충분해……! 받아라, 【패천충】! 으아아아아아아아?!"

"어어어어어?! 자멸?!"

자키아는 상단으로 든 검을 내리치며 기술을 발동시켰지만 어째선지 그 기술은 세이이치에게 가지 않고 그대로 자키아에게 돌아왔다.

본래 자키아를 중심으로 대기를 진동시키는 폭풍을 만들어 내야 하는데 자키아 본인이 폭풍에 휘말린 것이다.

영문도 모른 채 날아간 자키아는 나선으로 회전하며 떨어져 땅에 얼굴을 박았다.

"우와…… 아프겠다……."

"……."

또다시 연민하는 세이이치의 목소리가 들렸지만, 지금 자키아는 창피하다기보다도 그저 혼란스러웠다.

대체 무슨 일이 벌어지고 있는 건지 알 수 없었다.

몸을 일으키려고 하니 이번에는 다리가 역할을 포기한 듯 힘이 빠졌다. 그걸 버티고 어떻게든 몸을 지탱하여 한 걸음 내딛자 이번에는 평범한 지면이 갑자기 마찰력을 잃어서 자키아는 제대로 서 있지 못하고 다시 성대하게 넘어졌다.

"뭐야…… 내 몸에 무슨 일이 일어나고 있는 거야?! 내 몸은 어떻게 된 거야?!"

자키아는 자신의 몸에 일어나는 현상이 참을 수 없이 무서웠다.

지금 자키아는 제대로 일어설 수조차 없었다. 심지어 원인을 전혀 알 수 없었다.

이 이상한 광경을 바나바스와 사리아 일행도 보고 있었지만, 그들도 자키아와 마찬가지로 그저 곤혹스러워할 수밖에 없었다.

모의전이 시작되고 나서 자키아는 줄곧 자멸하고 있었다.

특히 자키아가 이끄는 제2부대의 대원들은 눈앞의 광경을 믿을 수 없어서 멍하니 바라보았다.

"그, 그렇다면 마법으로……!"

"아, 그러지 않는 게 좋을 텐데……!"

접근해서 공격할 수 없음을 깨달은 자키아는 마법 공격으로 방침을 바꿨다.

"이건 어떠냐……【플레임 불릿】! 으아아아아아아아?!"

"그러게 내가 뭐랬어……."

자키아가 발동시킨 마법은 세이이치가 걱정한 대로 자키아를 덮쳤다. 우연이라고 생각한 자키아가 그 후로도 포기하지 않고 마법을 사용했지만 전부 자키아에게 달려들었다.

만신창이가 되는 자키아를 보고 그저 슬퍼진 세이이치는 천천히 자키아에게 다가왔다.

"저기…… 잘은 모르겠지만, 이런 짓은 그만두죠. 저와 모의전을 해도 의미 없고……."

"우오오오오오오오오오! 으아아아아아아아악?!"

"사람 말을 안 듣네! 그리고 자멸?!"

세이이치가 다가와서 기회라고 생각한 자키아는 그 자리에서 스킬을 마구 발동시켰다.

하지만 전부 자신에게 돌아와서 만신창이었던 모습이 더 만신창이가 되었다.

그래도 세이이치를 이기기 위해 검을 쥐자 역시 불쌍하다고 생각했는지 【마보검 피프티아】가 마침내 검집에서 빠졌다.

"……! 이걸로……!"

자신의 파트너인 검이 뽑혔으니 이제 세이이치 따위 적수가 아니다.

그렇게 생각한 자키아가 다시 세이이치에게 달려들려고 하자 『아, 그건 곤란해』라고 말하듯 도신이 혼자 구부러졌다.

"어째서어어어어어어어어어!"

"나, 나도 몰라아아아아아아!"

그래도 구부러진 검으로 세이이치에게 달려들려고 하니, 검은 완전히 존재 의의를 부정하듯 더 흐물흐물하게 구부러져 자키아의 손에서 떨어졌다.

지면에 나뒹구는 자신의 파트너를 보고 자키아는 어깨를 떨었다.

"……이제 됐어. 검도 마법도 쓸 수 없다면 이 몸으로 충분해!"

세이이치가 자키아를 걱정하여 가까이 와 있었기에 자키아는 지척에서 세이이치에게 덤벼들었다.

"우오오오오오오오— 으허어어어어어어억?!"

그 주먹은 세이이치의 뺨이 아니라 자키아 자신의 뺨에 꽂혔다.

자키아가 진심으로 날린 주먹은 위력이 상당하여 자기 자신을 크게 날려 버렸다.

스킬이나 마법, 무기조차 아닌 자신의 몸으로부터 반격을 받은 자키아는 얻어맞은 뺨을 멍하니 만지려 했지만, 어째선지 몸이 멋대로 움직여 왕복으로 귀싸대기를 날렸다.

"어버버버버버버버버버버버버버버?!"

이제는 왜 스스로 자기 뺨을 때리고 있는지조차 이해할 수 없는데, 그걸 피하고자 몸을 움직이려 해도 꿈쩍도 안 했다.

자키아의 뜻과는 반대로 자키아의 몸은 세이이치와 싸우기를 완전히 거부하고 있었다.

그 후로도 괜찮을까 걱정될 만큼 자키아의 몸은 자키아 자신을 혼쭐냈고, 처음의 기세는 어디로 갔는지 자키아는 거의 숨넘어갈 듯한 모습으로 바닥을 뒹굴었다.

그러자 지금까지 곤혹스러워하며 지켜보던 제2부대의 병사들이 분노가 담긴 눈으로 세이이치를 노려보았다.

"네 이놈!! 자키아 님에게 무슨 짓을 한 거냐아아아아아아!"

"으엉?! 나, 나는 관계없잖아!"

"더 들을 필요도 없다. 너 같은 비열한 놈은 우리가 상대해 주겠다……!"

"어, 어이!"

제2부대의 부대장인 오르페가 황급히 말리려고 했지만, 존경하는 자키아가 만신창이가 된 모습을 본 병사들은 세이이치를 해치워야 직성이 풀릴 듯 했다.

바나바스도 역시 말려야 하나 고민했으나…….

"……뭐, 좋겠지. 어차피 학원도 없어지는 판에 마지막으로 재미있는 구경을 하는 것도 흥미롭겠어."

"말리셔야 하는 것 아닌가요?!"

심판인 바나바스도 인정해 버렸기에 세이이치는 그대로 오르페를 제외한 제2부대의 전원과 싸우게 되었다.

하지만 싸움은 일어나지 않았다.

"뭐, 뭐야?!"

"거, 검이 구부러졌어!"

"가, 갑옷이 무거워어어어어어어어어어어어?!"

세이이치를 어떻게 혼내 줄지 생각하던 병사들의 무기는 싸우기도 전에 세이이치와 싸우기를 거부하듯 전부 무기로서 존재하기를 포기했다.

개중에는 그렇게 포기한 결과, 수복할 수 없을 만큼 산산이 부서지기까지 해서 어느새 자키아처럼 몸뚱이 하나로 싸워야 하는 상황이 되었다.

그래도 투지를 잃지 않은 병사들이 세이이치에게 돌격하려고 하자 그 강한 의지와는 별개로 이번에는 몸이 세이이치와 싸우기를 포기하고 그 자리에서 도망치려고 했다.

—그랬다. 『몸』이, 도망치려고 했다.

"으아아아아아아아아아!"

"파, 팔이이이이이이이!"

"눈이…… 눈이 아파아아아아아아!"

"으에에에에에에엑?! 뭐야, 뭐야, 뭐야, 뭐야, 뭐야?! 무슨 일이 벌어지고 있는 거야?!"

신체 부위가…… 근육, 뼈, 신경, 세포 하나하나가 그 자리에서 도망치려고 한 결과, 병사들의 몸은 멋대로 자멸했다.

뼈는 도망치려고 탈골되고, 눈은 신경이 연결된 채 눈구멍에서 빠져나오려고 했다.

머리카락 같은 체모는 일제히 모근째 달아나고, 치아도 전부 빠졌다.

아비규환이 된 상황을 보고서, 왜 이렇게 됐는지 이유를 모르는 세이이치는 안절부절못했다.

"어떻게 된 거야?! 갑자기 모의전에 난입하는가 싶더니 온몸에서 피를 흘리잖아?! 여기 뭔가 바이러스라도 만연한 거야?! 그런 건 만화나 드라마 속에서만 해 줘!"

보기 괴로운 참상이라 세이이치가 얼굴을 찌푸리자 제2부대 병사들의 몸은 이대로 가다가는 세이이치의 기분이 상할 거라고 생각하여 각자 원래 역할로 돌아갔다.

덕분에 조금 전까지 절규하던 병사들은 땅을 뒹굴며 필사적으로 몸 상태를 확인했다.

"아, 아아…… 내 손이…… 제, 제대로 움직여……."

"눈도 보여…… 제대로 보여……!"

"다행이다…… 다행이야아아……."

세이이치와 싸우자고 생각했기에 이런 상황을 초래한 것이지만, 설마 세계 자체와 무기, 스킬, 마법, 심지어 자기 몸까지 전부 적으로 돌아설 줄 누가 상상이나 했겠는가.

이 비극을 일으킨 세이이치 자신도 터무니없는 것이 자기편이 됐다는 걸 눈치채지 못하여 소동의 원인도 알지 못했다.

그래서 세이이치가 보기에는 자키아의 행동도 제2부대 병사들에게 일어난 현상도 그저 괴기 현상이라 무섭고 겁이 났다.

제2부대의 병사들이 정상적인 몸으로 돌아와 기뻐하는 가운데, 어떻게든 몸을 일으킬 만큼 회복된 자키아가 진지한 얼굴로 세이이치를 바라보았다.

"……이것이 너의 힘이라는 건가?"

"네? 아뇨아뇨아뇨, 그럴 리가 없잖아요! ……없겠죠?"

누구에게랄 것도 없이 던진 세이이치의 물음에 아무도 대답하지 않았다.

하지만 자키아는 세이이치의 말에 납득하지 못하고 분노한 형상으로 노려보았다.

"나뿐만 아니라 동료까지 무시하다니…… 용서할 수 없다."

"역시 이건 너무 불합리하지 않아?"

세이이치는 울상이었다.

하지만 자키아는 들어 주지 않았고, 질리지도 않고 또 세이이치에게 덤비려 했으나—.

"……!【전이 보주】!"

"아니?! 오르페, 무슨 짓을—."

지금까지 조용히 지켜봤던 제2부대 부대장 오르페가 품에서 손바닥 크기의 투명한 구슬을 꺼내더니 바닥에 세게 내던졌다.

내던져진 구슬이 깨지며 안에서 연기가 분출돼 자키아와 오르페, 그리고 제2부대의 병사들을 휘감았다.

연기는 완전히 자키아 일행을 뒤덮었고, 이윽고 연기가 걷히자 자키아 일행은 더 이상 그곳에 없었다.

너무나도 갑작스러운 전개에 세이이치는 멍해졌다.

세이이치뿐만 아니라 다른 사람들도 똑같이 멍하니 입을 벌릴 수밖에 없었다.

제일 먼저 정신을 차린 바나바스가 당황하면서도 선언했다.

"아…… 승자, 세이이치 군……?"

이게 과연 모의전이었는지도 알 수 없었다.

그만큼 일방적인 결과였다.

세이이치는 여전히 멍한 모습으로 중얼거렸다.

"……나는 정말 아무것도 할 수 없었어……."

"그런 의미가 아니잖아!"
알트리아의 태클이 투기장에 울렸다.

자키아의 결의와 작별

오르페가 【전이 보주】를 사용하여 자키아 일행은 카이젤 제국까지 돌아왔다.

주위를 둘러보고 바바드르 마법 학원에서 전이했음을 깨달은 자키아는 오르페를 사납게 노려보았다.

"오르페, 너 무슨 짓을—."

"무슨 생각이십니까, 자키아 님!"

"……?!"

자키아가 뭐라고 말하기도 전에 오르페의 날카로운 주먹이 그의 뺨을 때렸다.

"아까 그 태도는 뭐죠?! 대체 어떻게 되신 건가요?! 당신답지 않습니다!"

"나답지…… 않다고……?"

오르페의 말을 듣고 자키아는 생각보다 더 충격을 받았다.

"아까 학원에서 보인 태도는 제1부대 녀석들과 다름없었습니다! 왜 그러신 겁니까?!"

"나는…… 으아아아아?!"

거기까지 생각한 순간, 자키아의 머리에 엄청난 통증이

엄습했다.

“자키아 님?!”

“괘, 괜찮아……. 그런가…… 그런 거였나…….”

머리를 부여잡고서 필사적으로 아픔을 견딘 자키아는 어떤 사실을 떠올렸다.

“……나는, 헬리오의 술법에 당한 거였어……!”

“헬리오 님의?!”

—《환마》라는 이명을 가진 카이젤 제국 제일의 마법사, 헬리오 로번.

세상에서 단 한 명만 쓸 수 있는『환속성 마법』을 다뤘고, 현 카이젤 제국의 제왕인 셸드 윌 카이젤의 오른팔이었다.

평민 출신들로 구성된 자키아의 제2부대와 귀족 출신들로만 구성된 제1부대 등 카이젤 제국의 병사들이『초월자』가 된 것은 최근이다.

제왕 셸드에게 헬리오가 어떤 물건을 헌상하면서 시작된 일이었다.

그 물건이란 헬리오가 찾아냈다는 마도구였는데, 어떤 사람이든 간단히 레벨을 올릴 수 있고, 게다가 레벨 상한을 초월할 수 있는 터무니없는 마도구였다.

원래 같았으면 그런 수상한 마도구가 존재하는 것이나 어디서 찾아냈는지 등등 따져야 할 것이 많았다.

그러나 아무도 의문을 꺼내지 않은 것은 헬리오가 이 마도구를 가져온 시점에…… 많은 이가 헬리오의 『환속성 마법』에 당한 상태였기 때문이다.

카이젤 제국 제일의 마법사가 마법을 썼다는 것을 알아차릴 수 있는 자는 없었고, 정도의 차이는 있겠지만 다들 그 술책에 당하고 말았다.

그리고 헬리오는 가장 경계하던 자키아에게 특히나 꼼꼼히 마법을 걸었기에, 자키아는 저도 모르는 사이에 헬리오가 조종하기 쉬운 인격으로 개조됐었다.

—하지만 헬리오에게는 오산이고 자키아에게는 행운인 일이 있었으니, 부하인 오르페가 헬리오의 마법에 별로 영향을 받지 않았다는 것과…… 세이이치의 존재였다.

그래도 원래 효과가 높은 마법이라서, 자키아의 성격이 변한 것을 이상하게 여겨도 그걸 지적하지 않을 만한 효력을 발휘했다.

바바드르 마법 학원에 가서 그저 바나바스와 대화만 하고 돌아왔다면 자키아는 이대로 계속 성격이 일그러졌을 것이다.

하지만 세이이치가 불평하려고 난입했다.

세이이치가 아닌 다른 사람이었다면 또 달랐으리라.

『초월자』가 된 자키아를 막을 수 있는 자는 없으니 아무리 불평해도 그걸 물리치고 끝나기 때문이다.

하지만 찾아온 사람은 세이이치였다.

싸움이 되지 않는다는 게 바로 이런 것임을 알려 주는 듯

한 비참한 결말, 그리고 자키아와 제2부대 병사들이 죽을 뻔한 모습을 목격하면서 오르페에게 걸렸던 마법이 풀렸다.

웬만한 충격으로는 헬리오의 마법에서 벗어날 수 없지만, 세이이치와의 전투는 그딴 거 알 바 아니라는 듯한 충격을 줬다.

그렇게 정신을 차린 오르페의 순간적인 판단으로 제왕 셀드에게 하사받은 【전이 보주】를 사용하여 무사히 돌아오게 된 것이다.

"자키아 님…… 어떻게 하실 겁니까? 헬리오 님의 마법이 얽혀 있다면 상당히 성가신데……."

"……그렇지. 녀석의 마법에 당했으니만큼 더더욱 신중히 행동해야 해. 눈에 보이는 것부터 사고 회로까지 전부 의심하며 행동할 수밖에 없어."

자키아는 그렇게 말하면서도, 그게 얼마나 힘든 일인지 알기에 씁쓸한 표정을 지었다.

"……그보다 지금은 제2부대 대원들을 제정신으로 되돌리기로 하지."

"네."

자키아와 오르페는 서로 분담하여 헬리오의 마법을 풀기 위해 한 명씩 설득해 나갔다.

자키아만큼 엄중하게 마법에 걸린 자는 없었기에 제정신으로 되돌리는 작업은 그렇게 오래 걸리지 않았다.

그래도 헬리오의 마법에 당했다는 것을 안 제2부대 병사들은 멍하니 그 사실을 받아들일 수밖에 없었다.

"서, 설마 헬리오 님이……."

"우리는 지금까지 무슨 짓을……."

"이래서는 제1부대 녀석들과 다를 바가 없잖아……!"

"대체 우리는 얼마나 많은 나라를……."

제정신으로 돌아오면서 자신이 한 짓을 떠올린 병사들은 후회에 잠겼다.

자키아를 포함하여 제2부대의 병사들에게 침략당한 나라가 많았기 때문이다.

그런 병사들에게 자키아는 당장 병영으로 돌아가서 쉬라고 명령했고, 병사들은 비틀거리며 병영으로 향했다.

그 뒷모습을 오르페는 슬프게 바라보았다.

"……어쨌든 다들 정신을 차려서 다행입니다."

"……그래. 하지만 문제는 아무것도 해결되지 않았어. 오히려 복잡해졌지."

"네?"

"일단 첫째로, 헬리오가 우리에게 마법을 걸었다는 건…… 폐하에게도 마법을 썼을 가능성이 있어."

"그 말은…… 모반이 일어났다는 겁니까?!"

"아니, 거기까지는 알 수 없어. 하지만 폐하에게도 마법을 썼다면…… 폐하는 확실하게 헬리오 편이 되겠지. 그것도 나와 같거나 더 심하게 마법을 걸었을 거야."

자키아는 복잡한 표정으로 그렇게 말했다.

"……그리고 만약 헬리오가 모반을 생각했다면…… 이게 개인의 행동인지 아니면 조직적인 행동인지도 조사해야 해."

"자키아 님은 헬리오 님의 배후에 뭔가 있다고 생각하십니까?"

"가정이지만, 없다고 단정할 수도 없어. 녀석의 배후에 누가 있어도 이상하지 않아."

"그럴 수가……."

자키아는 무거운 한숨을 쉬고서 계속 생각을 말했다.

"……헬리오도 문제지만, 커다란 문제가 하나 더 있어."

"네? 헬리오 님과 같은 문제가……?"

"폐하다. 폐하의…… 아니, 카이젤 제국의 왕족에게 전해 내려오는 『그것』을 사용한 폐하를 막을 수 있는 자는 없어."

"그건……."

자키아의 말을 듣고 제왕 셸드의 현재 모습을 떠올린 오르페는 말을 잇지 못했다.

"지금 폐하는 우리 『초월자』 따위와 비교도 안 되는 힘을 손에 넣었어. ……어쩌면 폐하 혼자 이 세상을 정복할 수 있을지도 몰라."

"……."

"그렇기에 우리가 가야 해."

"네?"

"안타깝게도…… 아니, 운이 좋게도, 아직 카이젤 제국에 항복하지 않은 나라가 있어."

"분명…… 윔블그 왕국과 바르샤 제국, 그리고 마왕국과…… 동쪽 나라였죠."

"그래. 윔블그 왕국은 작은 나라지만 그곳에는 『검기사』와 『검은 성기사』, 『빙려의 마인』이 있어. 그리고 길드 본부도……. 음? 그러고 보니 아까 바바드르 마법 학원에서 『검기사』를 본 것 같은데……."

"네? 잘못 보신 거 아닐까요? 근위병이 그렇게 간단히 왕의 곁을 떠날 리가 없지 않습니까."

"……그것도 그렇군. 아무튼 윔블그 왕국은 소국이지만 큰 힘을 가지고 있어. 그리고 『홍련 여제』가 다스리는 바르샤 제국은 아직 우리가 『초월자』가 되기 전과 동등한 병력을 가지고 있지. 지금 카이젤 제국의 병사들이 『초월자』가 됐다고는 하지만, 그곳의 병사는 본디 강인해. 게다가 여제의 힘도 얕볼 수 없어. 마왕국은 말할 것도 없이 강력한 힘을 가진 마족이 있으니 이곳도 문제없겠지. 마지막으로 동쪽 나라인데…… 그곳은 수수께끼가 너무 많아. 애초에 폐하도 그곳에는 별로 관심을 두지 않으셨고, 동쪽 나라는 내란이 심하다고 하니 이쪽의 정세는 전혀 신경을 안 쓰고 있겠지."

"……새삼 생각해 보니 남을 만한 나라가 남았네요."

"그렇지. 하지만 폐하가 직접 나선다면…… 순식간에 승패가 갈릴 거야. 그러나 우리가 있으면 폐하가 직접 나설 일은 없어. 우리가 헬리오의 꼭두각시로 움직인다면…… 침략하는 척하면서 이 사태를 전할 수 있을지도 몰라."

"즉…… 헬리오 님을 속이자는 겁니까?"

오르페의 물음에 자키아는 조용히 고개를 끄덕였다.

"우리에게 건 마법이 풀렸다는 걸 알면 헬리오가 어떻게 행동할지 몰라. 병사들에게 걸린 마법은 아까 풀었지만, 어디에 녀석의 마법이 걸려 있을지 알 수 없는 상황이다. 다시 『환속성 마법』에 현혹당할 가능성도 있어."

"그럴 수가……."

"하지만 나는 네 덕분에 정신을 차렸다. 완전히 풀렸다고 말하긴 어렵지만…… 그래도 헬리오가 마법을 썼다는 걸 아니까 막는 것도 가능해."

"하지만…… 저희가 제정신인 채로 폐하의 현재 상황을 다른 나라에 전하는 게 과연 의미가 있을까요? 이제 폐하를 막을 수 있을 리가……."

"선왕— 알프 님이라면 지금의 폐하를 막을 방법을 아실지도 몰라."

"알프 님?! 하, 하지만 알프 님은……."

자키아는 험악한 표정을 지으면서도 결심했다.

"……그래. 먼저 알프 님을 구해야 해. 그러기 위해 우리가

해야 할 일은…… 알프 님을 구할 방법을 조사하는 것. 그리고— 헬리오에게 들키지 않고 꼭두각시 시늉을 하며, 아직 저항 중인 나라에 이 위기를 전하는 거다."

"자키아 님……."

오르페가 불안한 표정으로 자키아를 바라보자 자키아는 자조하면서도 자신 있게 대답했다.

"……『꼭두각시』가 되는 건 익숙해. —해내는 거다, 오르페. 이 상황을…… 조금이라도 바꾸기 위해."

"……네!"

오르페의 반응을 보고 만족스럽게 고개를 끄덕인 자키아는 문득 바바드르 마법 학원에서 자신을 이긴 세이이치를 떠올렸다.

"그 남자는 대체……."

자키아의 중얼거림에 대답하는 자는 아무도 없었다.

◆ ◇ ◆

"—세이이치 씨. 짧은 시간이었지만…… 정말로 감사했습니다."

"……."

나— 히이라기 세이이치의 앞에서 짐을 싼 베아트리스 씨가 그렇게 말하며 고개를 숙였다.

"세이이치 씨 덕분에 F반의 학생들이 마법을 쓸 수 있게 되었습니다. 저는 결코 할 수 없었던 일을…… 꿈꾸었던 일을 세이이치 씨가 이루어 주셨습니다. 정말로 감사합니다."

"저는 그렇게 대단한 일은……."

결국 나는 운 좋게 힘을 손에 넣은 것에 불과하다.

……처음 마물을 쓰러뜨렸던 것도 실력 같은 게 아니라 그저 내 체취가 구려서 상대가 멋대로 죽은 거였다.

그래도 이 세계에 올 때 신이 선물로 준【완전해체】스킬과『진화의 열매』덕분에 나는 지금 이 자리에 있었다.

진화의 열매의 효과가 상상 이상이라서 오히려 고생할 때도 있지만, 감사하고 있다.

그런 내 힘이 우연히 F반 학생들에게 도움이 된 거고, 그 힘이 없다면 나는 아무것도 못 하는 무력한 존재일 뿐이다.

하지만 내 말을 듣고 베아트리스 씨는 고개를 저었다.

"아뇨, 세이이치 씨. 과정이야 어찌 됐든 결과적으로 학생들이 마법을 쓸 수 있게 만든 사람은 틀림없이 세이이치 씨예요. 그러니까 자부심을 가져 주세요."

"……네."

정말로 나는 대단한 녀석이 아니다.

그래도 베아트리스 씨가 그렇게 말해 준다면…… 조금이나마 당당해질 수 있게 노력해야겠지.

내 얼굴을 보고 생긋 미소 지은 베아트리스 씨는 그대로 짐을 들고 걷기 시작했다.

"……베아트리스 씨!"

"……?"

무심결에 이름을 부르자 베아트리스 씨는 의아한 표정을 지으며 돌아보았다.

"학생들이 마법을 쓸 수 있게 만든 사람이 저라면, 지금까지 그들을 지탱해 준 사람은 베아트리스 씨예요! 저만의 공로가 아니라…… 저보다 더 대단한 일을 하셨어요! 그러니까 베아트리스 씨도 자부심을 가져 주세요! 베아트리스 씨는, 제 안에서 가장 훌륭한 선생님이에요!"

"……!"

내 말을 듣고 베아트리스 씨는 눈을 크게 떴다.

살면서 베아트리스 씨보다 더 학생을 생각하고 학생의 성장을 기뻐하는 사람을 나는 본 적이 없다. 아니, 앞으로도 베아트리스 씨보다 더 훌륭한 선생님과 만날 일은 없을 것이다.

베아트리스 씨는 나 따위와는 비교가 안 될 만큼 F반 학생들을 지지하며 보듬었다.

그러자 나처럼 모여 있던 F반 학생들이 베아트리스 씨를 향해 외쳤다.

"베아트리스 누님! 누님이 우리를 버리지 않은 것, 절대 잊지 않을 거야!"

"……선생님한테 매우 소중한 걸 배웠어. 경의와 감사를 표하지."

"……건강하길."

"베, 베아트리스 선생님! 정말로…… 정말로 감사했습니다!"

"……고마워. 선생님한테는 정말로 고마워하고 있어."

"또 선생님의 수업을 받고 싶어요~."

"완벽한 제가 더 완벽해진 건…… 전부 베아트리스 선생님 덕분이에요. 고마워요."

"베아트리스 션생니이이이이임~! 셔윤해애애애애애~."

……한 명이 오열하고 있지만, 그만큼 베아트리스 씨에게 고마워하고 있다는 거다. 그리고 자세히 보니 플로라 말고도 울먹이는 학생이 있었다.

……나도 눈물이 나려고 하잖아, 젠장. 이거 어떡할 거야…… 이런 거엔 약하단 말이야!

놀라서 멈춰 선 베아트리스 씨는 눈물을 글썽거리면서도 웃으며 우리에게 인사하고 떠났다.

그 모습이 보이지 않게 되자 이번에는 아그노스와 브루드 등 남학생들이 움직이기 시작했다.

"그럼…… 형님. 저도 이만 가 보겠습니다."

"……나도 당장 나라로 돌아가서 상황을 조금이라도 파악해야겠어."

"세이이치 선생님한테도 신세 졌어."

"가, 감사합니다!"
"……그래, 다들 건강해."
『네!』
아그노스는 끝까지 씩씩하게 손을 흔들며 떠났고, 브루드는 쿨하면서도 우아하게 걸어갔다.
베어드와 레온은 도중까지 길이 같아서 사이좋게 떠났다.
"그럼 저희도 갈게요~."
"선생님 덕분에 마법을 쓰게 돼서 저는 더 아름다워졌어요. 아, 반하시면 안 돼요."
"세이이치 션생니이이이이임~!. 셔윤해애애애애애~."
여학생들도 저마다 인사하고서 고향으로 가는 마차를 타고 떠났다.
그 모습을 바라보고 있자니, 플로라가 된 건 아니지만, 마음에 구멍이 뻥 뚫린 기분이었다.
……이 학원에 와서 이러니저러니 해도 모두와 함께 지내는 게 일상이 되었기에, 막상 이렇게 헤어지니 서운했다.
그런 내 마음을 헤아렸는지 사리아가 상냥하게 몸을 붙였다.
"괜찮아. 또 만날 수 있으니까!"
"……그럴까?"
"응! 왜냐하면 우리는 살아 있는걸!"
"……그야 죽으면 끝이긴 하지."
사리아의 극단적인 말을 듣고 나는 쓴웃음을 지었다. ……어라? 그러고 보니 나는 명계에 갔었고…… 죽어도 만날 수 있는 거 아니야?

……응, 이 얘기는 그만하자. 감동적인 작별이 물거품이 된다.

학생들을 배웅하고 있으니 바나 씨가 조용히 다가왔다.

"세이이치 군. 자네를 이 학원에 불러 놓고 이런 결과가 되어서…… 정말로 미안하네."

"천만에요. ……저는 이 학원에 오게 된 걸 감사히 여기고 있어요."

이 세계에 온 뒤로 만나지 못했던 칸나즈키 선배와 친구들도 볼 수 있었고, 무엇보다 F반 학생들과 만나게 됐다.

모두와 지낸 시간은 나에게 있어 소중한 시간이 되었다. 감사할지언정 화를 낼 리가 없다.

내 말에 동조하듯 알도 바나 씨에게 말했다.

"저도…… 지금까지 체질 때문에 후진을 육성할 기회가 좀처럼 없었습니다. 하지만 이 학원에서 모험가란 무엇인지 가르칠 수 있어서 정말로 기뻤습니다. 감사합니다."

"흠, 학생 식당 메뉴는 맛있더군. 칭찬해 주지."

"……먹보, 장난칠 때가 아니야."

"……? 나는 매우 진지한데?"

"……이미 글렀구나."

루루네가 이미 글렀다는 건 새삼스러운 일이란다, 오리가.

바나 씨는 온화하게 웃고 조라에게 시선을 옮겼다.

"……조라 양에게 미안한 짓을 했구먼. 모처럼 학원 생활에 익숙해지기 시작했는데……."

"아, 아니에요! 아쉽기는 하지만, 이런 저를 받아들여 주신 학원장님께 감사하고 있어요!"

"그렇게 말해 주니 고맙네. ……그리고 루이에스 양과 루티아 양에게도 미안하네."

"아닙니다. 저는 본래 이곳에 없는 자니까요. 학원장님의 호의로 이곳에 있었을 뿐입니다. 그저 감사할 따름입니다."

"나도 마찬가지야. 원래 내가 고집을 부려서 세이이치를 따라왔을 뿐이고, 여기 있게 해 줘서 감사하고 있어. 고마워."

"……음, 확실히 잘 생각해 보니 윔블그 왕국의 주력인 루이에스 양과 마왕의 딸인 루티아 양이 이곳에 있는 건 이상한 일이었군. 이야~ 세이이치 군과 함께 있으면 상식이 파괴돼!"

저도 제 자신의 상식이 파괴되어서 고생 중입니다.

"아무튼…… 세이이치 군은 앞으로 어쩔 것인가?"

"음…… 특별히 뭘 할지 아직 정하지 않아서 일단 루이에스를 데려다줄 겸 한동안 윔블그 왕국의 테르베르에서 지낼까 해요."

"그런가…… 그럼 윔블그 왕국은 한동안 안녕하겠군. 세이이치 군이 있으니 말이야."

"아하하하…… 과, 과연 어떨까요."

내가 있는 게 과연 얼마나 효과가 있을지 모르겠지만, 전 용사와 초대 마왕이 있으니 무슨 일이 벌어져도 괜찮을 것 같다.

바나 씨는 내 반응에 웃고서 다른 곳으로 시선을 옮겼다.

"그럼…… 세이이치 군의 향후 계획은 대충 알았는데…… 자네는 어쩔 건가? ―헬렌 양."

"어?"

무심코 바나 씨의 시선을 따라가니 그곳에는 뭔가를 생각 중인 헬렌이 있었다.

어, 어라? 아까 다른 학생들이랑 같이 돌아간 거 아니었어? ……아니, 그때 헬렌의 모습은 없었다.

아무래도 눈치채지 못한 사람은 나뿐이었는지 동료들은 딱히 놀라지 않았다. 어, 어라~?

깜짝 놀라면서도 왜 헬렌이 아직 남아 있는지 생각하고 있으니―.

"……세이이치 선생님."

"어, 네?"

"저를…… 저를 강하게 만들어 주세요!"

"―뭐어어어?!"

헬렌은 그렇게 말하고서 내게 머리를 숙였다.

앞날과 암약하는 자들

"—그래서, 학원이 폐쇄되었기에 너와 세이이치는 돌아왔다고?"

"네."

윔블그 왕국의 국왕 란제, 본명 란젤프는 눈앞에서 태연하게 말하는 루이에스를 보고 머리를 싸맸다.

강해지고 싶다는 헬렌의 바람을 듣고 세이이치 일행은 잠시 상의했지만, 헬렌의 뜻이 확고했기에 결국 헬렌도 데리고서 윔블그 왕국에 돌아왔다.

세이이치는 앞으로 어떻게 행동할지 정할 겸 일단 길드 본부에 얼굴을 비치기로 했고, 루이에스는 귀환을 보고하러 왕성에 돌아와 있었다.

"아니, 애초에 근위 기사인 네가 지켜야 할 사람인 내 곁을 떠난 것 자체가 이상하지만…… 그건 그렇다고 쳐도 너무 자유로운 거 아니야?"

"말씀드릴 게 있습니다, 폐하. 제 레벨이 700을 넘었습니다."

"전혀 얘기를 안 듣는구나?! 그보다 700?!"

엄청난 레벨을 듣고 놀란 란제의 눈이 휘둥그레졌다.

"뭘 어떻게 하면 그런 엄청난 레벨이 되는 거야?! 저번에 『초월자』가 됐다고 뜬금없이 말했을 때보다도 놀라워!"

"스승님께서 던전을 소멸시키셨을 때, 그 과정을 함께한 결과입니다."

"전혀 모르겠어! 던전을 소멸시켰다니 그게 무슨 말이야?! 세이이치가 그랬다고?!"

루이에스의 말에 한바탕 놀란 란제는 크게 한숨을 쉬어 기분을 진정시켰다.

"하아…… 너는 농담하는 성격이 아니니까 사실이겠지만…… 세이이치 녀석은 대체 정체가 뭐야? 그 녀석, 묘하게 자신에 관해 숨기고 싶어 하는 구석이 있는데, 그런 것치고는 나를 저주에서 구해 주는 등 보통내기가 아니란 게 명백하잖아. 숨길 생각이 있는 건지 없는 건지 도통 모르겠어……."

"그러고 보니 스승님은 카이젤 제국의 용사들과 같은 곳에서 왔다고 합니다."

"너는 나를 얼마나 놀라게 하려는 거야?! 어? 그럼 그 녀석…… 이세계인이야?!"

"그런 것 같습니다. 다만 카이젤 제국의 의식으로 소환된 건 아니라서 용사가 아니라고 하셨고…… 실력은 비교하는 것 자체가 실례일 만큼 차이가 납니다. 물론 스승님이 더 뛰어나십니다."

"그런 건 굳이 듣지 않아도 알아. 하지만 용사보다 강하다니 괜찮은 거야? 카이젤 제국이 울겠네……."

란제는 피곤한 듯 의자에 기댔다.

"아…… 정말로 카이젤 제국 녀석들은 멀쩡하게 굴지를 않는다니까……. 다른 세계에서 애송이들을 용사로 소환하고, 전 세계에 선전 포고하고……."

"그러고 보니…… 이 나라는 괜찮았습니까? 지금 이렇게 폐하와 대화하고 있으니 문제는 없었겠지만, 그래도 대부분의 나라가 카이젤 제국에 항복했다고 들었습니다."

루이에스가 묻자 란제의 표정이 진지하게 바뀌었다.

"그래, 그거 말인데…… 또 세이이치에게 도움을 받았어."

"네?"

"【마신교단】 녀석들이 습격했던 건 기억나?"

"……네."

그때의 상황을 떠올리고 루이에스는 표정을 흐렸다.

—윔블그 왕국과 마왕국의 회담이 열린 날, 【마신교단】이 마물 군세를 이끌고서 쳐들어왔었다.

이에 윔블그 왕국과 마왕국은 그 자리에 있던 모든 전력을 투입했고, 길드 본부도 협력하여 마물 군세와 전투가 벌어졌다.

하지만 마물 군세와 일부 사도는 양동 부대였고 진짜 목적은 마왕의 딸인 루티아였다. 어떻게든 사도의 공격을 막고 안심했지만 사도가 한 수 위였고, 루티아는 【주구】에 당해 쓰러졌다.

마물 군세도 수가 많았고 사도들은 범상치 않은 힘을 가져서 S급 모험가와 루이에스는 궁지에 몰렸다. 루이에스도 사도의 손에 쓰러질 뻔했다.

하지만 세이이치의 권유로 윔블그 왕국의 테르베르에 이주하러 온 초대 마왕과 암흑귀족 제아노스가 등장하며 형세는 단숨에 역전되었다.

제아노스의 레벨은 마물이었을 때의 흔적인지 1500을 넘었고, 초대 마왕인 루시우스와 전 용사인 아벨도 그 레벨에 근접한 실력을 가지고 있었다.

덕분에 사도의 습격을 막을 수 있었고, 보물상자가 덕분에 데려올 수 있었던 세이이치의 마법으로 루티아도 무사히 깨어나게 되었다.

"【검은 성기사】를 포함해서 우리나라의 병사는 우수해. 그건 당당히 말할 수 있어. 하지만…… 어떻게 된 건지 카이젤 제국의 군세는 전부 『초월자』라고 하니 웃을 수가 없단 말이지."

"……그 이야기는 학원에서 제2부대 대장인 자키아라는 남자에게 들었습니다. 사실이었군요."

"그래. 아무리 우리나라의 병사들이 우수해도 이것만큼은 어쩔 수가 없어. 레벨에 따른 스테이터스 차이는 그렇게 간단히 뒤집을 수 없고, 전시 상황이란 점도 있지만, 카이젤 제국이 거의 모든 나라를 지배하면서 길드 본부도 지부를 점령당해 상당히 힘든 상황이었어. 의지할 곳도 없고, 역시 나도 다 틀렸다고 생각했지. 하지만……."

란제는 거기까지 말하고서 그때의 광경을 떠올리고 어색하게 웃었다.

"……마족군을 단련한다는 명목으로 일자리를 얻은 제아노스와 루시우스가 테르베르 근처에 있던 카이젤 제국의 군대에 그 녀석들만 데리고 돌격하여 아무 피해 없이 상대를 철수시켰어."

"네?"

"아니, 그 사람들 진짜 뭐야? 제아노스란 녀석은 옛날에 어떤 책에서 본 듯한 이름이고, 루시우스에 이르러서는 초대 마왕이라니. 엉망진창이야……."

"……고생하셨습니다."

역시 가엾다고 생각했는지 루이에스도 란제에게 그렇게 말하는 게 고작이었다.

"아냐, 괜찮아. 덕분에 카이젤 제국은 윔블그 왕국에서 손을 뗐고, 지금 이렇게 무사히 지내고 있으니까. ……그러고 보니 내 아들딸도 얼마 전에 도착해서 지금은 쉬고 있어."

"그렇습니까……. 그럼 카이젤 제국 제2부대의 대장이 말한 대로 다른 학생들도 무사히 돌아갔겠군요."

자키아가 그렇게 말하긴 했지만 실제로 확인할 수 있는 일은 아니었다. 하지만 한번 공격했었던 나라의 왕자와 왕녀가 이렇게 무사히 돌아왔으니 다른 학생들도 무사히 귀환했을 거라고 추측할 수 있었다.

"뭐, 이쪽은 이쪽대로 네가 없는 동안 이런저런 일이 있었지만…… 루이에스, 너도 잘 알겠지. 중립이었던 바바드르 마법 학원을 점령하러 갔을 정도니까."

"……네. 그 나라 때문에 스승님은 학원을 떠나게 되었습니다. 용서할 수 없습니다."

"……너는 정말로 변했구나. 세이이치와 관련된 일에는 일단 국왕인 나보다도 그쪽을 우선하고……. 예전의 너를 아는 만큼 감개무량해."

"……? 그렇습니까? 스승님을 생각하는 건 제자로서 당연한 일입니다."

"……아~ 네가 어떤 감정으로 움직이는지…… 너 자신이 그 감정을 모른다면 내가 해 줄 수 있는 말이 없네. 플로리오 녀석에게 알려 줘야겠어……."

"……?"

루이에스는 란제의 말을 이해하지 못하고 고개를 갸웃했다. 루이에스 자신이 세이이치에게 이토록 집착하고 관심을 가지는 이유를 알게 되는 건…… 좀 더 나중이다. 지금 루이에스는 아직 세이이치에 대한 감정에 이름을 붙이지 못했다.

"뭐, 좋아. 아무튼 지금 그 녀석은 어쩌고 있어?"

"그 녀석?"

“세이이치 말이야. 너랑 같이 돌아왔잖아?”

“아아, 스승님은—.”

◆ ◇ ◆

“—오오, 세이이치 군, 알트리아 양, 사리아 양! 오랜만이군! 어떤가? 나의 이 근육!”

“제일 먼저 물어보는 게 그거야?!”

나…… 히이라기 세이이치는 오랜만에 길드 본부를 찾았고, 늘 그렇듯 보디빌딩 트렁크 차림인 갓슬이 머슬 포즈를 취하며 그렇게 물었다.

—헬렌에게 강해지고 싶다는 말을 듣고 나서 우리는 일단 왕도 테르베르에 돌아왔다. 란제 씨에게 귀환을 보고하기 위해 루이에스와는 일단 따로 행동하게 되었고, 우리는 헬렌을 어떻게 할지도 포함해서 정보를 얻기 위해 길드 본부를 찾았다.

헬렌을 단련한다고 해도 뭘 하면 좋을지 모르겠고, 길드 본부라면 세계정세를 포함하여 다양한 정보도 얻을 수 있을 거라고 기대하여 온 것이었다. 그리고 헬렌이 아직 길드에 등록하지 않았다고 해서, 앞으로 같이 행동할 거면 등록해 두는 게 편하기에 같이 데려왔다.

나중에 제아노스나 부모님이 어떻게 지내는지도 보러 가

야지. 루티아도 마족군이 걱정될 테고, 사리아도 아드라멜렉 씨와 써니 씨를 보고 싶을 거다.

오랜만에 오기도 해서 길드 안을 둘러보니…….

"파괴다, 파괴다, 파괴다아아아아아아! ……하지만 그보다도 지부 녀석들이 걱정돼."

"자, 그럼…… 오늘도 광장에서 내 알몸을……."

"슬렁 씨…… 양말은 안 벗나요?"

"음? 어이쿠…… 내가 이런 실수를…… 하하하, 아무래도 지부가 걱정돼서 집중이 안 되나 봅니다. 그러는 월터 씨도 최근에는 어린아이들과 거리를 두고 있다던데……."

"이것 참 부끄럽군요……. 아무래도 최근에는 멍해질 때가 많아서……."

지금까지 그랬듯 저마다 자신의 욕망에 충실하게 사는 것 같았지만, 그게 어딘가 헛돌고 있는 것처럼 보였다.

그걸 의문스럽게 여기며 고개를 갸웃하고 있으니 갓슬이 쓴웃음을 지었다.

"흠…… 아무래도 우리의 상태가 이상하다는 걸 눈치챈 것 같군."

"아…… 역시나? 왠지 기운이 없어 보인다고 할까……."

아니, 기운이 차고 넘치면 그건 그것대로 곤란하지만. 주로 병사 아저씨가.

마물 군세가 쳐들어와도 웃으며 싸웠던 사람들이 지금은

미묘하게 기운이 없었고, 그런 모습을 처음 보는 나는 당황했다.

나만 그런 게 아닌지, 사리아나 나보다 더 길드 사람들과 오래 알고 지냈을 알도 의아해했다.

"다들 기운이 없네. 무슨 일 있었어?"

"어이, 갓슬⋯⋯ 사리아도 물었지만 대체 어떻게 된 거야? 너도 자세히 보니 피부에 윤기가 없고⋯⋯. 평소에는 근육이 어쩌고저쩌고하면서 피부도 관리하잖아."

"아⋯⋯ 뭐, 너희가 이곳에 돌아온 이유와도 조금 관련이 있지."

"어? 우리가 돌아온 이유? 그렇다면⋯⋯."

우리가 다시 이렇게 돌아온 것은 카이젤 제국이 바바드르 마법 학원을 점령했기 때문이다.

갓슬은 보기 드물게도 진지한 얼굴로 길드의 현재 상황을 가르쳐 줬다.

"카이젤 제국이 전 세계에 선전 포고를 했고, 선언한 대로 대부분의 나라가 카이젤 제국의 수중에 떨어지고 말았어. 이제 남은 나라는 이 윔블그 왕국과 바르샤 제국, 그리고 마왕국과 동쪽 나라뿐이야. 다만 한 가지 다행인 건 이 나라에 제아노스 군 같은 세이이치 군의 지기(知己)들이 있다는 거지. 【마신교단】이 습격했을 때도 크게 신세를 졌지만, 그들 덕분에 지금 이렇게 평온한 하루하루를 보내고 있는 거야. 이것도 일시적인 평온이긴 하지만…….”

일시적이라면 카이젤 제국이 또 뭔가 할지도 모른다는 건가.

이제 카이젤 제국이라는 이름을 듣기만 해도 못된 녀석들이라는 생각이 들 만큼 인상이 나쁘지만, 루루네가 참가했던 많이 먹기 대회에도 카이젤 제국 출신자가 있었고 그 사람은 평범했다. 뭐, 이름이 꽤 개성적이었지만.

“어쨌든 세이이치 군의 지기들 덕분에 카이젤 제국의 위협으로부터 몸을 지키고 있지만 상황은 좋지 않아. 그 나라의 병사들이 전부 『초월자』가 됐으니 말이지. 무슨 방법을 썼는지 모르겠지만 도저히 간과할 수 있는 일이 아니야. 세이이치 군의 지기들이 없었다면 정말로 카이젤 제국이 세계를 정복했을지도 몰라. 내 근육으로도 이 상황을 뒤집는 건 어려워…….”

어려울 뿐이지 분발하면 뒤집을 수 있는 건가? 근육은 대단해.

그보다 『초월자』는 역시 일반적으로 볼 때 터무니없는 존재구나. 지금 이곳에 그 『초월자』가 여러 명 있지만.

“이 나라의 길드는 안전하지만 다른 나라에도 지부는 많아. 이번에 카이젤 제국이 많은 나라를 점령하면서 그 지부가 어떻게 됐는지 정보가 들어오지 않게 됐어. 그래서 우리는 지금 이렇게 길드 지부의 정보를 조금이라도 많이 모으려 하고 있지만…… 성과가 좋진 않아.”

"그런가……."

아무래도 지부 사람들의 상황과 안부가 걱정돼서 길드 내 분위기가 이상한 모양이다.

다시 한번 길드 본부를 둘러보고 있으니 갓슬이 문득 눈치챈 듯 헬렌에게 시선을 보냈다.

"그러고 보니 낯선 얼굴이 두 명 정도 있는데. 그것과는 별개로 왜 이곳에 마왕의 따님이 계신 건지 무척 궁금하지만……."

"어어…… 【마신교단】의 습격 이후로 호위 겸 동료로서 바바드르 마법 학원에 같이 있었기 때문……이려나?"

"이해가 안 되는군! 하하하!"

나도 당사자가 아니었다면 이해하지 못했지만, 이걸 웃어 넘겨도 되는 건가.

대화하는 우리를 조용히 지켜보던 헬렌이 갑자기 갓슬에게 말했다.

"……당신이 길드 본부의 길드마스터지?"

"음? 뭐, 그렇게 되지! 오로지 근력 트레이닝만 하고 있지만!"

"그건 자랑할 만한 일이 아니야."

"……한 가지 묻고 싶어. 길드의 정보로 추측해서 가르쳐 줬으면 해. 카이젤 제국에 대항해서 바르샤 제국은…… 얼마나 **버틸까**?"

"어?"

나는 예상외의 질문에 놀랐지만, 반대로 갓슬은 놀라지도 않고 냉철하게 대답했다.

"흠…… 자네는 바르샤 제국 출신인 모양이군."

"……맞아."

"……솔직히 말하지. 바르샤 제국의 명운은 이미 카이젤 제국이 쥐고 있어."

"읏! 그건…… 어째서?"

"이유는 간단해. 바르샤 제국의 병사는 강인하고, 여제도 실력자라는 얘기는 유명하지만……."

죄송합니다. 전부 금시초문입니다.

"……아무리 병사가 강인하고 여제가 강해도, 『초월자』가 된 병사를 바르샤 제국의 병력보다 더 많이 데리고 있는 카이젤 제국을 이길 수는 없어."

"……바르샤 제국 근처에는 이곳의 【숲】과 비슷하게 【봉인의 숲】이 있어. 그래도 못 버틸까?"

"못 들었나? 이미 카이젤 제국은 이 나라의 【숲】이나 【바다】를 신경 쓸 필요가 없을 만큼 강해졌어. 그렇기에 이 나라에도 침공하려고 했지. 그건 바르샤 제국이어도 똑같아. 그들의 스테이터스는 그 정도 수준이야."

분명하게 말하자 헬렌은 조용히 고개를 숙이고 말았다.

……여전히 잘 모르겠지만, 헬렌은 어째선지 강해지려고 조바심을 내고 있었다.

그건 자신을 위해서일까, 아니면 누군가를 위해서일까…….

뭐라 말할 수 없는 분위기가 흐르자 그런 분위기를 환기하듯 갓슬이 밝게 말했다.

"어쨌든 지금은 재회를 기뻐하지 않겠나! 그리고 혹시 이 친구와 거기 있는 여자아이를 길드에 등록하려는 건가?"

"저, 저요? 어, 어쩔까요……."

갑자기 지목받은 조라가 허둥거렸고, 그 모습을 루티아가 흐뭇하게 바라보았다.

"원하는 대로 하면 돼. 조라는 이제 자신의 의지로 선택할 수 있으니까."

"자, 자신의 의지로……."

잠시 고민하던 조라는 작게 고개를 끄덕였다.

"저기…… 저도 길드에 등록하고 싶어요!"

"……나도 부탁할게. 등록하는 편이 편리하다고 세이이치 선생님도 말했고……."

"그런가! 그럼 당장 등록을 마치기로 하지! 엘리스 양! 엘리스 양~!"

갓슬이 접수처 건너편을 향해 외치자 엘리스 씨의 목소리가 들렸다.

"네~! 잠시만 기다려 주세요!"

"……그렇다고 하니, 미안하지만 잠시 기다려 주겠나? 그나저나…… 마왕의 딸도 놀라운데 바르샤 제국의 여자아이와 뱀족 아이라니…… 상당히 이색적인 이들이 모이고 있군."

"드, 듣고 보니……."

새삼스럽지만 현재 멤버는 『인간(괴물)』을 비롯하여 고릴라, 전 재앙, 당나귀, 전 암살자, 메두사, 마왕의 딸…….

이거, 평범한 사람은 알과 헬렌뿐이지 않아? 이런 일이 보통 가능한 거야? 냉정하게 생각해 보면 너무 터무니없지 않아? 애초에 고릴라와 당나귀가 멤버에 있는 게 이상하고.

엘리스 씨가 오길 기다리는 동안 헬렌과 조라의 자기소개를 마치자 잠시 후 엘리스 씨가 서둘러 왔다. 제대로 접수원 차림이었다. 다행이다.

"기다리시게 해서 죄송합니다."

"아니에요. 그리고 오랜만이네요."

"엘리스 씨, 오랜만이야~!"

"잘 지냈어?"

나와 사리아, 알에게 인사받은 엘리스 씨는 SM 여왕님의 모습이 전혀 연상되지 않을 만큼 예쁘게 웃었다.

"네. 여러분도 건강해 보이셔서 다행이에요. 처음 뵙는 분들이 몇 명 계신데……."

"아, 그중에서도 이 아이와 이 아이를 등록하고 싶어요."

"알겠습니다. 그럼 두 분 모두 이쪽으로 오세요."

그 자리에서 조라와 헬렌의 등록 절차를 마치고 엘리스 씨가 생긋 웃었다.

"네. 이로써 헬렌 씨와 조라 씨의 임시 등록이 끝났습니다."

"임시 등록?"

"아, 그러고 보니 그랬지……."

헬렌이 의아해하며 고개를 갸웃하는 가운데, 나는 신청한다고 바로 길드에 등록되는 게 아니라는 것을 떠올렸다.

"네. 임시 등록한 분에게 시험관을 한 명 배정하여 그 사람의 적성을 봅니다. 등록하는 분들이 모두 전투를 잘하는 건 아니니까요."

"마침 잘됐군! 이 자리에 알트리아 양이 있어. 알트리아 양에게 감독을 맡아 달라고 하면 돼."

"뭐, 나는 상관없어. 두 사람 다 그렇게 할래?"

"나는 특별히 문제없지만……."

"저, 저도 괜찮아요!"

"좋아, 그럼 얼른 시험만이라도 끝낼까. 어이, 갓슬. 시험용으로 좋은 의뢰 없어?"

"물론 있고말고! 세이이치 군이 등록했을 때처럼, 여기 있는 멤버로는 거의 달성 불가능한 의뢰들이 말이야!"

"대체 무슨 의뢰야?! 위험한 건 아니겠지?"

"그래, 별로 위험하진 않아. 하지만 알트리아 양도 알다시피, 이곳 멤버들은 전투는 일류여도 채집이나 잡일에는 재능이 전혀 없어! 의뢰가 들어와도 그대로 방치된다네!"

『이야~ 쑥스럽군.』

"쑥스러워할 요소는 전혀 없잖아!"

갓슬과 알의 대화를 듣고 있던 길드 멤버들이 산뜻하게 웃으며 엄지를 치켜들었다.

아아…… 확실히 내가 처리했던 의뢰도 슬라임 토벌 외에는 이곳 멤버들이 할 만한 의뢰가 아니었지…….

건물 해체는 조금 미묘하지만, 내가 그랬던 것처럼 아무 생각 없이 대충 부수고 끝날 것 같고, 개 산책……과는 조금 달랐지만, 밀크를 산책시키려고 해도 일단 입구에서 차림새나 숨길 수 없는 변태성 때문에 문전박대당할 것 같고, 가장 위험한 건 고아원 의뢰다.

특히나 월터 씨는 접근시키면 안 된다! 그 사람, 진짜로 병사 아저씨한테 잡혀갈 거야.

그리고 아이들에게 악영향만 줄 거다. 그런 변태는 접근시키면 안 된다.

사리아도 대화를 듣고 고아원을 떠올렸는지 상냥하게 웃었다.

"다들 잘 지내고 있을까? 클레어 씨도 건강했으면 좋겠다."

"……사리아 언니. 나중에 또 세이이치 오빠랑 같이 가자."

"응, 그러자!"

오리가의 말대로 나중에 고아원에도 한번 들러야겠다. 최근 마음이 피폐해지는 사건이 너무 많이 일어나서 치유가 필요하다. 어린아이는 귀엽단 말이지. ……그렇다고 월터 씨랑 똑같이 취급하지 마!

알은 길드 멤버를 둘러보고서 크게 한숨을 쉬고 머리를 긁적였다.

“하아…… 뭐, 어쩔 수 없나. 이 녀석들을 위한 의뢰라고 생각하면 딱 좋고. 어이, 세이이치!”

“어?”

“나는 이대로 두 사람을 데리고서 후딱 시험을 끝내고 올 테니까, 너는 『평온의 나무』에서 방을 잡아 둬.”

“알았어.”

“그럼 부탁한다. ……방은, 그…… 나랑 사리아도 있고, 무리해서 남녀별로 따로 잡지 않아도 돼.”

“흐에?!”

뺨을 빨갛게 물들이고 그렇게 말한 알은 그대로 허둥지둥 헬렌과 조라를 데리고서 길드를 나갔다.

그, 그야 『평온의 나무』에 묵었을 때 사리아와 같은 방을 썼으니까 문제는 없지만…….

알의 저런 반응을 보면 나도 부끄럽다고요.

“……알트리아 씨. 정말로 귀여워지셨네요.”

“……그러게나 말이야. 예전 모습과는 딴판이군.”

나처럼 알을 바라보던 엘리스 씨와 갓슬도 감개에 젖어 말했다.

그렇게 알과도 따로 행동하게 됐고 방도 잡아야 하니 일단 『평온의 나무』로 가려고 하자 갓슬이 나를 붙잡았다.

"그렇지, 세이이치 군."
"응?"
"아까 그 친구…… 헬렌 양 말인데, 강해지고 싶다고 했었지?"
"어? 그렇긴 한데……."
"하나 확인하겠는데, 그 친구는 싸움을 잘하나?"
"음……."

갓슬에게 질문받고 나는 헬렌과 싸웠을 때를 떠올렸다.

전투 스킬은 F반 내에서도 독보적인 수준이었고, 레이첼처럼 뭔가 무술을 배운 것 같았다.

그것도 레이첼은 창술 한정인 것 같았지만 헬렌은 어째선지 아주 많은 무술을 아는 듯했다.

그 외에도 싸울 때의 발놀림 등을 생각하면 확실하게 강하다고 할 수 있었다.

진화 전의 나 따위와는 비교도 안 될 만큼 강하겠죠!

"헬렌은 학원 내에서도 상당한 실력자라고 했고, 실제로도 강할 거야."
"그런가……."

갓슬은 그렇게 말하고서 잠시 생각하는 모습을 보였다.

그게 의아해서 고개를 갸웃하자 엘리스 씨가 뭔가를 눈치채고 말했다.

"아…… 갓슬 씨, 설마 그곳을 알려 주려는 건가요?"
"……음, 그렇지."

조금 주저하면서도 갓슬이 고개를 끄덕이자 엘리스 씨는 엄한 표정으로 고했다.

"갓슬 씨. 그건 너무 위험해요. 오늘 막 등록한 아이들을 보내겠다니……."

"하지만 길드 규정상 랭크 프리야. 가는 걸 막을 권한은 우리에게 없어."

"하, 하지만……."

"그리고 세이이치 군과 알트리아 양도 있어. 뭐, 괜찮겠지. 안 그런가, 세이이치 군!"

"무슨 이야기인지 전혀 모르겠는데?"

아무것도 모르는데 동의를 구해도 곤란하다. 대체 무슨 이야기를 하는 거지?

불퉁한 눈으로 갓슬을 노려보자 갓슬은 전혀 반성하는 기색도 없이 호쾌하게 웃었다.

"하하하하하! 미안하네! 그 친구가 강해지고 싶다고 했으니, 강해지기 위한 장소를 제공하자 싶어서 말이야."

"장소?"

무슨 장소?

나뿐만 아니라 다른 동료들도 고개를 갸웃하는 가운데, 갓슬은 진지한 표정으로 말을 이었다.

"실은 카이젤 제국의 침공 외에도 이 테르베르에서 또 하나 사건이 일어났어."

"사건?"
"그래. —던전이 나타났어."
『뭐?!』
우리는 갓슬의 말에 깜짝 놀랐다.

◆ ◇ ◆

"—가 버렸군."
세이이치 일행이 왕도로 돌아가고, 저마다 새로운 생활을 시작하기 위해 움직일 무렵, 바나바스도 앞으로 어떻게 할지 생각할 필요가 있었다.
"……이곳이 없어질 줄은…… 생각도 못 했는데. 세계는 어찌 되려는 건지……."
바나바스는 마법사로서 세계 최고봉의 실력을 가지고 있으므로, 모험가나 한 나라의 장교가 되고자 한다면 원래는 아무것도 걱정할 필요가 없었다. 그만큼 바나바스의 힘은 매력적이었다.
하지만 지금은 많은 나라가 카이젤 제국의 수중에 떨어졌고 길드조차 제대로 기능하지 않았기에 바나바스도 생각대로 움직일 수 없었다.
만약 바르샤 제국이나 윔블그 왕국에 가려고 한다면 그 힘을 위험시한 카이젤 제국이 바나바스를 제거하려 들 가능성이 지금보다 더 높아지기 때문이다.

"……뭐, 새삼스러울지도 모르겠군."

카이젤 제국 제2부대 대장 자키아에게도 온건하다고는 말하기 어려운 일방적인 선고를 받은 지금, 깊이 생각할 것도 없이 카이젤 제국은 바나바스를 위협이라고 인식하고 있을 것이다.

하지만 그 이상으로 지금 바나바스는 어느 한 나라를 섬기자는 마음이 들지 않았다.

오랫동안 몸담았던, 세계 유일의 중립을 자랑하는 학원…… 바바드르 마법 학원에서의 나날이 바나바스에게는 무엇보다도 소중했기 때문이다.

긴 세월을 사는 엘프인 바나바스에게 있어 장래 유망한 젊은이들이 점차 성장하는 모습을 지켜보는 것은 아무리 시간이 지나도 눈부신 광경이었다.

"그 미래조차 이렇게 빼앗기고 말다니……."

하지만 이제 그 광경을 볼 기회는 두 번 다시 찾아오지 않을지도 모른다.

카이젤 제국이 바바드르 마법 학원을 지배하며 세상에서 중립은 사라졌다. 남은 것은 복종이냐 반역이냐.

앞으로 카이젤 제국이나 카이젤 제국에 지배된 나라의 젊은이들은 미래를 선택할 수 없을 것이다.

"나는…… 이렇게나 무력했나……."

《마성》이라고 불리며 세계 최고의 마법사로 군림했던 바나바스가 난생처음 자신의 무력함을 실감한 순간이었다.

하지만 언제까지고 고민할 수는 없었다.

그렇기에 어딘가에서 타협하고 미래를 봐야 한다는 것을, 긴 삶을 산 바나바스는 잘 알고 있었다.

하지만 그래도 지금까지 많은 젊은이를 보았기에 그는 믿었다.

"이제부터는 미래가 있는 젊은이들이 선택할 때야. 그 선택 끝에 빛이 있다고 믿을 수밖에 없어."

학원을 보며 조용히 그렇게 말한 바나바스는 이윽고 어떤 장소로 이동하기 시작했다.

지난번에 습격해 왔던 【마신교단】의 사도가 수감되어 있는 곳이었고, 이후 카이젤 제국에 넘기기로 되어 있었다.

바나바스를 순식간에 구속하는 실력을 가진 데미오로스와 배신당한 앙글레아를 혼자 상대하는 것은 상당히 위험한 일이지만, 어째선지 데미오로스는 강대한 힘을 잃었고, 앙글레아는 배신당한 영향인지 바나바스에게 우호적인 태도를 보였기에 이제는 별로 위협적이지 않았다.

이제 바나바스는 학원장이 아니지만, 이것만큼은 카이젤 제국과 관계없이 어떻게든 해야 하는 문제였다.

"녀석들의 존재는…… 우리나 카이젤 제국의 문제를 넘어 이 별의 문제겠지. 녀석들의 바람이 이루어지면 아무것도 남지 않을 거야."

학원 내에서도 아는 사람만 아는 지하실 계단을 내려가 두꺼운 철문에 도착한 바나바스는 망설이지 않고 그 문을 열었다.

그러자―.

"―음? 아무래도 이곳의 주인이 돌아와 버린 모양이군요."

"뭣?! 네놈은?!"

섬뜩하게 웃고 있는【마신교단】의 사도― 유티스가 데미오로스와 앙글레아를 가둔 감옥 앞에 서 있었다.

"네놈은 누구냐?! 지금 당장 거기서 떨어지지 못할까……!"

바나바스는 곧장 마법을 발동시켜 유티스를 구속하려고 했다.

《마성》이라고 불릴 만한 실력을 발휘하여, 지난번에 데미오로스가 사용했던 광속성 최상급 마법『봉마의 빛』을 발동시켰다.

그 발동 속도는 일반적인 마법사와 비교가 되지 않았다. 보통 사람이라면 반응할 수 없는 속도였다.

하지만 유티스는 보통 사람이 아니었다.

"상당히 살벌한 환영이군요."

"아니?!"

유티스에게 날아간『봉마의 빛』은 유티스의 몸에서 스며 나온 검은 기운에 닿자 순식간에 사라졌고, 어째선지 바나바스 주변에 나타났다.

"이, 이건—."

"그럼 얌전히 있어 주시길."

"으아아아아아아아아!"

『봉마의 빛』의 지배권은 어느새 유티스에게 넘어가서 바나바스는 빛의 고리에 구속당했다.

"상대를 잘 가려서 덤벼야죠. 《마성》."

"네놈은…… 네놈은 대체 뭐냐?!"

바나바스는 괴로워하는 표정을 지으면서도 필사적으로 물었다.

그러자 유티스는 더 짙게 웃으며 깔끔하게 인사했다.

"이거 실례했습니다. 저는 【마신교단】의 『신도』, 《편재(遍在)》 유티스라고 합니다. 잘 부탁드립니다."

"《편재》……라고……?"

남자가 무슨 말을 하는지 바나바스는 거의 이해할 수 없었다.

하지만 유티스는 생긋 웃기만 할 뿐 많은 것을 이야기하려 들지 않았다.

그리고 감옥 안에서 뭐라 뭐라 중얼거리는 데미오로스에게 불현듯 시선을 보낸 유티스는 눈을 크게 떴다.

"이건…… 대체 어떻게 된 걸까요? 예전 모습은 찾아볼 수가 없군요. ……그리고 마신님께서 말씀하신 대로 마신님의 힘이 느껴지지 않습니다."

이번에는 얌전히 수감되어 있는 앙글레아를 보고 다시 얼굴을 찌푸렸다.

"……『사도』도 아닌 이쪽은 왜 무사한 건지…… 여러 가지로 의문이 끊이지 않지만, 아무래도 저의 『전이』는 이 일에도 발동하지 않는 것 같네요. 이렇게 연달아 힘이 봉인되니…… 아주 짜증 나요."

조곤조곤한 말과는 반대로 유티스의 살기가 공간을 가득 채웠다.

너무나도 강렬한 살기라서 바나바스조차 몸을 움츠렸다.

그러자 유티스는 뭔가를 떠올리고 바나바스에게 다가왔다.

"그래요, 실제로 제가 그 장소로 **넘어갈** 수 없다면 당신의 기억만이라도 보기로 하죠. 금방 끝날 겁니다. 당신의 기억에 저의 의식을 잠시 **보낼** 뿐이니까요."

"뭐, 뭘 하려는 거지? 머, 멈춰!"

바나바스는 『봉마의 빛』에 구속당한 몸을 필사적으로 비틀어 도망치려고 했지만 유티스에게 머리를 잡혔다.

"그럼 데미오로스가 이 학원을 습격한 날 무슨 일이 있었는지…… 전부 보여 주셔야겠습니다."

유티스가 눈을 감자 그에 맞춰 바나바스의 의식도 멀리 날아갔다.

한동안 똑같은 자세로 움직이지 않던 유티스가 이윽고 눈을 번쩍 떴다.

그에 맞춰 기억이 헤집어진 바나바스는 대량의 땀을 흘리며 필사적으로 호흡했다.

"헉, 헉, 헉, 헉!"

바나바스가 이토록 지친 데에는 이유가 있었다.

유티스의 기술에 당한 인간은 그때의 기억을 선명하게 떠올리는 수준이 아니라 한 번 더 똑같은 체험을 반복했다.

즉, 데미오로스에게 움직임을 봉인당하고 고통받은 과거를 다시 맛본 것이다.

—그것도 한 번이 아니었다.

유티스는 데미오로스를 쓰러뜨린 존재를 알기 위해 몇 번이나 그 부분을 반복해서 보았다.

그 결과, 바나바스는 온몸을 강타하는 격통과 아무것도 할 수 없는 무력감을 반복해서 체험하게 되었다.

원래 같았으면 폐인이 될 만한 수준의 정신적 고통을 주는 기술이지만, 긴 삶을 살며 《마성》이 된 바나바스이기에 아슬아슬하게 버틸 수 있었다.

하지만 바나바스가 그렇게 초췌해지든 말든, 유티스는 자신에게 일어난 일을 믿을 수 없다는 듯 손을 바라보았다.

"말도 안 돼…… 기억조차 더듬을 수 없다니……? 대체 어떻게 된 거지……."

유티스는 마음만 먹으면 과거·현재·미래는 물론이고 온

갖 시공·차원·세계에 동시에 존재할 수 있었다.

그만한 힘을 가지고 있기에 『신도』로 선출되어 더 큰 힘을 받았다.

하지만 자랑거리라고도 할 수 있는 그 힘이 전혀 통하지 않아서 유티스의 마음에 경악과 분노, 그리고…… 희미한 공포가 싹텄다.

하지만 그런 감정으로부터 도망치듯 고개를 흔들었다.

"……내가 두려워해선 안 돼. 그건 곧 마신님의 힘이 통하지 않는다고 인정하는 것과 같으니까. 괜찮아. 볼 수 없는 건 내 힘이 부족해서야. 마신님이라면 굳이 볼 것도 없이 그 존재를 없애실 수 있겠지. 지금은 이 일을 전하는 게 먼저인가……."

유티스가 손가락을 튕기자 아까 바나바스의 『봉마의 빛』을 없앤 검은 연기가 나타나 감옥 안에 있는 데미오로스와 앙글레아를 감쌌다.

"……말도 안 돼, 말도 안 돼, 말도 안 돼, 말도 안 돼……."

"무슨?! 이건—."

"당신들은 귀중한 샘플입니다. 안심하고 운반되세요."

그리고 한 번 더 손가락을 튕기자 데미오로스도 앙글레아도 감옥 안에서 깨끗하게 사라졌다.

"……?! 네놈, 두 사람을 어디로 보낸 거지?!"

"그런 정보를 제가 간단히 흘릴 것 같나요?"

"큭!"

분한 듯 얼굴을 일그러뜨리는 바나바스 앞에서 유티스가 악마처럼 속삭였다.

"괜찮습니다. 당신의 마음에 깃든, 힘을 향한 그 작은 갈망에…… 저는 【씨앗】을 심었으니까요."

"무슨 짓을—."

"그럼 이만—."

바나바스가 따져 묻기 전에 유티스는 손가락을 튕겼고, 데미오로스와 앙글레아처럼 모습을 감췄다.

던전의 정보 수집과 길드 시험

"새로운…… 던전?"
"그래."
전혀 예상하지 못한 내용이라 깜짝 놀라는 우리를 보며 갓슬은 진지한 표정으로 고개를 끄덕였다.
"이 던전은 정말로 최근에…… 그래, 초대 마왕과 제아노스 군이 카이젤 제국의 침공을 물리친 후에 나타났어."
보통 그렇게 갑자기 던전이 나타나나?
바바드르 마법 학원에 던전이 나타났을 때, 그렇게 흔한 일이 아니라고 바나 씨가 말했던 것 같은데…….
그런 내 의문이 얼굴에 드러났는지 갓슬은 쓴웃음을 지으며 고개를 저었다.
"세이이치 군이 생각하는 것만큼 던전은 간단히 나타나지 않아."
"맞아요. 이렇게 새로운 던전이 나타난 건 몇십 년 만이에요. ……장소를 윔블그 왕국으로 한정하면 더 오래됐고요."
"……."
그런 귀중한 현상과 두 번이나 맞닥뜨리는 건 이상하지

않아? 심지어 별로 기쁜 일도 아니고. ……아니, 모험가라면 기뻐해야겠지만, 기본적으로 위험한 일은 별로 하고 싶지 않다. 뭐, 새삼스럽지만.

……어라? 그러고 보니 조만간 두 개 정도 던전이 공략될 거라고 양 녀석이 말했지? 그중 하나가 마왕의 던전, 그리고 다른 하나가 마신의 던전이라고 했던 것 같은데…….

혹시 우리는 공략할 수 없는 던전일까?

마물이나 함정은 조심하면 되겠지만…… 진정한 의미로 답파하려면 운이나 미지의 요소도 얽힌단 말이지.

그러니 설령 우리가 던전에 도전하더라도 공략은 불가능할 것이다. 양 녀석은 짜증 나지만, 이런 걸로 거짓말하지는 않을 테고.

"왜 던전이 나타났는지 원인은 알아냈나요? 던전이라고 하면 평범하게 위험하다는 이미지가 있고, 원인도 모른 채 방치하는 건 상당히 위험한 것 같은데……."

"그거 말인데, 우리는 카이젤 제국 녀석들이 원인이라고 보고 있어."

"어? 카이젤 제국이?"

던전이 나타난 것조차 예상외인데, 여기서 또 카이젤 제국이 얽히는 거야?

"그래. 아까 했던 이야기와도 연결되지만, 카이젤 제국의 병사들은 어떤 방법을 썼는지는 알 수 없으나 다들 『초월자』

가 되어 레벨 550 이상의 괴물 집단이 됐어. 그런 강대한 힘을 줄 수 있는 건 뭔가를 희생하여 발동하는 『주구』나 세계의 지보급 마도구뿐이야. 그 도구의 영향을 받은 인간이 짧은 시간이지만 한자리에 모여 있었기에 토지에도 뭔가 영향을 끼친 게 아닐까 해."

"이건 길드 측의 견해일 뿐이라서 사실이라고 단정할 순 없지만…… 만약 카이젤 제국이 침공했던 각지에서 비슷한 사례가 발생했다면 틀림없다고 할 수 있겠죠."

그런가…… 카이젤 제국은 딱히 윔블그 왕국에만 쳐들어온 게 아니니까 다른 나라에도 던전이 나타났을지도 모르는 거구나……. 정말로 원인이 그거라면 진짜 민폐만 끼치네!

"던전이 나타났다는 건 알겠지만…… 그 던전은 완전히 새로운 타입인가요? 다른 던전과 이어진 입구가 열리는 패턴도 있다고 들었는데……."

"일단 조사해 본 바로는 완전히 새로운 던전이라고 해. 물론 이제 막 생겨난 곳이니, 숨겨진 문 같은 게 있고 그 너머가 다른 던전일 수도 있지만 말이야."

"그렇구나…… 근데 왜 그걸 우리한테 말한 거야? 헬렌이 강해지고 싶어 한 것과 뭔가 관련이 있는 듯한 말투였는데……."

"그건 말이지, 세이이치 군. 그 던전이 말도 안 되게 위험하기 때문이야. 던전에 나오는 마물의 레벨이 터무니없거든."

"그, 그렇게나?"

평소 실없이 구는 갓슬이 진지한 표정으로 말하는 걸 보면 정말로 위험한 던전인가 보다.

진지한 분위기에 나뿐만 아니라 동료들도 자세를 바로 하자 갓슬이 이야기를 계속했다.

“하지만 그만큼 위험하기에, 강해지고 싶어 하는 그 아이에게는 딱 맞아. 단, 거기서 인류의 도달점인 레벨 500을 넘겨 『초월자』가 될 수 있을지는 그 아이에게 달렸어. 하지만 별로 걱정은 안 되는군. 강해지고자 하는 그 마음과, 그 마음을 받아들이고 도와줄 근육만 있다면! 인류의 한계 따위 간단히 뛰어넘을 수 있지!”

갓슬이 하얀 이를 반짝이며 머슬 포즈를 취했다. 괜찮은 말처럼 들리지만, 근육을 논하는 것과 그 차림이 다 망치고 있었다.

우리의 대화를 듣고 있던 루티아가 의아해하는 얼굴로 중얼거렸다.

“인간은 신기해. 우리 마족에게는 특별히 레벨 상한이 존재하지 않지만…… 인간에게는 그런 한계가 존재하는구나. 하지만 그렇기에 집단 전투에 강하고 성가신 건데…… 그런 인간이 『초월자』가 되어 스테이터스 면에서도 강해지면 다른 종족은 이길 수가 없어. 그래서 제한이 주어진 걸지도 몰라. 그 제한을 없애는 뭔가가 있는 것 같지만…….”

“흥. 주인님 이외의 인간들이 기본적으로 너무 약한 거야.”

"……마족인 나도 그건 역시 이상하다고 생각해. 세이이치를 【인간】이라고 하면 다른 인간이 불쌍해."

"그 이전에 내가 불쌍하지 않아?!"

스테이터스에는 【인간】이라고 표기되는데 【인간】임을 부정당하면 본격적으로 내 정체를 알 수 없어진다고!

"그러고 보니 엘리스 씨는 그 던전에 가는 걸 왜 막는 거야?"

사리아가 그런 순수한 의문을 꺼내자 엘리스 씨는 한숨을 쉬었다.

"여러분은 길드에서 던전을 어떻게 취급하는지에 관해 얼마나 아시나요?"

"네?"

듣고 보니…… 모른다.

길드에 등록하기 위한 시험을 치다가 갑자기 【흑룡신 던전】으로 날려졌고, 바바드르 마법 학원에 고용된 뒤에는 의뢰로서 던전에 갔을 뿐이기에 길드의 규칙을 신경 쓸 필요가 없었다. 뭐, 정확히 말하자면 몰랐기에 신경 쓸 수 없었다고 해야겠지만.

"본래 의뢰는 길드에서 달성 난이도를 판단하여 각각 랭크를 설정해요. S급 의뢰는 S급 모험가만 받을 수 있고, 반대로 현재 헬렌 씨와 조라 씨가 받은 시험용 의뢰는 랭크 프리…… 즉, 길드에 등록만 하면 누구나 받을 수 있어요. 이런 규칙은 아시죠?"

“네.”

“그럼 던전은 어떠한가 하면…… 기본적으로 던전에 관한 의뢰는 존재하지 않아요.”

“네? 그런가요?”

그저 내 이미지지만, 갑부가 던전의 희귀 아이템을 갖고 싶다는 식으로 의뢰할 것 같은데…….

“던전에서 얻은 마물의 소재나 아이템은 기본적으로 발견한 사람이 갖는 것이 길드의 규칙이에요. 모험가에게 던전이 꿈의 장소인 건 이런 일확천금의 기회가 있기 때문이죠.”

그렇구나…… 모험가는 마물의 소재를 팔아서 생활하는 사람이라고만 생각했었다.

내가 길드에 등록한 이유도 신분증이 필요해서였고. 그런 일확천금의 꿈을 좇아 등록하는 장소일 줄은 생각도 못 했다.

왜냐하면―.

“그럼 이 길드에 소속된 사람들의 꿈이나 목표는……?”

“저희의 꿈이요? 물론 욕망을 드러내는 것이죠.”

『예스, 프리이이이이이이이덤!』

“모험가 그만둬.”

던전에서의 일확천금을 꿈꾸는 모험가가 대체 어디 있다는 거야. 어딜 봐도 변태뿐이야.

“크흠! 얘기가 딴 길로 샜지만, 아무튼 던전은 꿈이 가득한 곳이에요. 새로운 던전이 나타나면 고랭크 모험가가 마물의 레벨대를 가볍게 조사한 후 모든 모험가에게 개방하죠."

"네? 그, 그럼……."

"네. 던전에 들어가는 데 랭크는 관계없어요."

"그렇기에 위험이 큰 거야. 실력에 안 맞는 던전에 도전해서 목숨을 잃는 젊은 모험가도 많아……."

"그래서 저는 헬렌 씨가 이번 던전에 들어가는 데 반대하는 거예요. 아무리 알트리아 씨와 세이이치 씨가 강해도, 이번에는 진짜 정상이 아니에요!"

드물게도 엘리스 씨가 초조한 모습으로 그렇게 말해서 나는 불안해졌다.

맨 처음 마물 군세가 밀어닥쳤을 때, 그중에는 S급 마물이 많았는데도 갓슬이나 엘리스 씨나 전혀 망설이지 않고 뛰어들었다.

그런 두 사람이 이렇게까지 위험시하다니…….

나는 거기까지 이야기를 듣고서 문득 순수한 의문을 꺼냈다.

"근데…… 그렇게 위험하고 목숨을 잃는 모험가도 있다면 입장을 제한하면 되는 거 아니야?"

나한테는 그게 당연하다고 할까, 그렇게 해야 한다는 관념이 있지만, 갓슬은 고개를 가로저었다.

"자네는 다른 사람의 꿈을 막을 수 있나?"

"어?"

생각지 못한 대답이라 말문이 막혔다.

갓슬은 그런 나를 상냥하게 바라보며 말을 이었다.

"꿈에 귀천은 없어. 돈을 얻고 싶다는 꿈도 훌륭한 꿈이야. 그리고 사람에게는 각자 사정이 있어. 지금 당장 돈이 필요한 자도 있겠지. 평범하게 지내서는 결코 손에 넣을 수 없는 거금이 필요해졌을 때, 그런 큰돈을 벌 수 있는 수단이 얼마나 될까? 모험가는 자유로워야 해. 그리고 그 자유에는 당연히 대가와 책임이 따라. —바로 자신의 목숨이지."

"……!"

너무나도 직설적이고 단적인 말이라서 나는 그저 숨을 삼켰다.

"그들은 자신의 목숨을 걸고서 꿈을 이루려고 도전하는 거야. 길드는 그렇게 바보 같은 꿈을 좇는 그들을 막지 않아. 그 대신, 가능한 한 꿈을 이룰 수 있게 서포트하지. 정보로, 인맥으로……. 그게 바로 모험가 길드의 존재 의의야."

"……."

지금까지 『모험가』라는 존재를 깊이 생각한 적이 없는 내게는 매우 충격적인 이야기였다.

하지만 그 이상으로 멋있다고…… 조금 생각하고 말았다.

그렇게 생각하고 있으니 갓슬이 쑥스러워하며 웃었다.

"……뭐, 이것저것 말했지만, 자네들이 던전에 들어가는데 엘리스 양이 심정적으로는 반대하더라도, 그 끝에 추구하는 것이 있다면 우리는 막지 않는다는 거야."

"……정말로 내키지는 않지만, 저도 원래는 모험가였으니까요. 저마다 사정이 있다는 것이나 꿈을 좇는 마음은 이해해요."

갓슬과 엘리스 씨는 오늘 처음 만난 헬렌을 위해 이렇게나 생각해 줬다.

물론 결정은 헬렌이 해야겠지만…… 이 이야기를 들은 헬렌은 분명 던전에 들어가겠다고 말할 것이다.

그럼 전직 교사로서 내가 할 수 있는 일은…….

"……저기, 갓슬."

"음? 뭐지?"

"그 던전에 관한 정보를 얻을 수 있을까? 출현하는 마물의 레벨이라든가 함정의 종류라든가, 그런 필요한 정보를."

"……그래."

갓슬은 곧장 엘리스 씨에게 지시했고, 엘리스 씨도 자료를 가지러 길드 안쪽으로 들어갔다.

레벨 몇짜리 마물이 나오는 걸까? 갓슬이 경계할 정도니까 상당하겠지만…….

아, 그래. 자료를 가져올 동안 최고 레벨만이라도 물어보자.

"참고로 그 새로운 던전의 마물 중에서 가장 레벨이 높은 녀석은 뭐야?"

"음…… 【머더 맨티스】고 레벨은 600이지."

"…………응?"

나는 귀를 의심했다.

어라? 지금…… 레벨 600이라고 들린 것 같은데, 600은 그렇게 높은 레벨이 아니지?

“미안, 갓슬. 다시 한번 레벨을 가르쳐 줘.”

“600이야.”

“잘못 들은 게 아니잖아?!”

어라?! 레벨 600이 그렇게 높은 거였어?! 안 되겠다, 조라가 있었던 던전 때문에 완전히 감각이 이상해졌어……!

“흠…… 제아무리 세이이치 군이더라도 이 레벨에는 놀란 모양이군.”

“어? 아니, 그게…….”

“……레벨, 낮지 않아?”

“오리가?!”

오리가가 나직이 그렇게 중얼거려서 나도 모르게 태클을 걸었다.

하지만 그 목소리는 갓슬에게도 확실히 들렸는지 놀란 얼굴로 오리가를 보았다.

“오, 오리가 양. 자네 지금…… 레벨이 낮다고 했나……?”

“……응. 그렇게 말했어.”

“차, 착각이 아니라? 600이야. 『초월자』조차 가볍게 해치울 상대라고.”

“……나, 레벨 850.”

"이해가 안 된다만?!"

갓슬이 크게 외치고서 내 어깨를 잡았다.

"세세세, 세이이치 군! 어, 어떻게 된 건가?! 오리가 양의 레벨이 850?! 이미 『초월자』 수준이 아니지 않나!"

"오오, 지난번에 들었을 때는 710이었는데 레벨이 올랐구나~."

"그런 문제가 아니야! 그보다 오르기 전에도 710?!"

조라가 있었던 던전에서 레벨을 들었을 때는 710이었지만, 그 후로도 마물을 쓰러뜨렸으니까 레벨이 올랐어도 이상하지 않지.

"이 짧은 시간에 자네들에게 대체 무슨 일이 있었던 건가?! 내 근육도 못 들었어!"

"아니, 근육에 얘기할 일은 없지……."

그렇게 말하고서 나는 바바드르 마법 학원에 나타났던 던전에 관해 간단히 설명했다.

물론 거기서 조라와 만났다는 것도 전했다.

"이것 참…… 오랫동안 길드마스터로 지냈지만 이렇게 터무니없는 사람은 본 적이 없네! 던전을 날려 버리다니 대체?! 내 근육으로도 그런 일은 불가능해!"

"그렇겠지!"

원래는 되면 안 되는 일이야. 그 불가능을 가능케 한 내가 이상한 거야.

그렇게 말하고 있으니 갓슬이 진지한 표정을 지었다.

“이전부터 세이이치 군의 잠재 능력을 실감했지만…… 카이젤 제국이 전쟁을 일으키지 않았다면 자네에게도 이명이 붙었을 거야.”

“어? 그 말은…….”

왠지 불길한 예감이 들었고, 갓슬은 아주 멋지게 웃으며 단언했다.

“우리와 같은 S급이 되는 거지!”

“그것만큼은 싫어어어어어어어!”

변태의 동료가 되는 것만큼은…… 그것만큼은 봐주세요! 이미 늦었을지도 모르지만!

“가져왔습니다…… 어라? 무슨 일 있었나요? 아까까지 어두운 분위기였는데…….”

던전의 자료를 가져와 준 엘리스 씨가 우리를 보고 고개를 갸웃했다.

“내 말 좀 들어 보게, 엘리스 양! 여기 있는 오리가 양의 레벨이 몇일 것 같나?”

“네? 음…… 500에는 도달하지 못했을 테니, 높게 봐도 480 정도 아닐까요?”

“850이라더군.”

“마침내 뇌까지 근육이 되었나요?”

“어? 그렇게 생각하나?! 이것 참, 쑥스럽군!”

"이미 글러 먹은 상태였군요……. 아무튼 놀리는 건 적당히 해 주세요. 레벨이 850이라니 그런 말도 안 되는……."

"……응, 봐도 돼."

오리가가 엘리스 씨에게 다가가 자신의 스테이터스창을 열었고, 그걸 본 엘리스 씨는 정색했다.

"……저도 뇌가 근육이 되어 버렸나 보네요."

"최고잖아!"

"근육은 입 다물어 주세요."

"그것도 칭찬이야!"

엘리스 씨는 갓슬에게 대충 대꾸하며 몇 번이나 오리가의 스테이터스를 확인했고 이내 크게 한숨을 쉬었다.

"하아…… 아무래도 정말인 것 같네요. 그리고 오리가 양이 이 정도라면 다른 분들도 비슷한 레벨이시겠죠? 대체 뭘 하면 이렇게 되는 건가요……."

"아아, 그건……."

갓슬에게 했던 설명을 엘리스 씨에게도 하자 엘리스 씨는 후련하다는 듯 웃었다.

"이제 저는 감당할 수가 없어요."

"죄, 죄송합니다?"

……순간적으로 사과했지만, 이거 내 잘못인가? 뭐, 상관없나.

문득 자신의 행동에 의문을 느끼고 있으니 엘리스 씨가

진지한 표정을 지었다.

"하지만…… 이 정도 레벨이라면 제가 가져온 자료도 쓸모가 없지는 않겠어요. 방금 말씀하신 것처럼 아예 던전을 날려 버릴 가능성도……."

"그런 짓은 안 해요! ……아, 아마도!"

"자신이 한 말에 벌써 불안해지셨잖아요……."

던전이 날아간 것도 어떤 의미에서 사고였는걸! 나는 그저 던전의 천장을 부숴서 조라에게 하늘을 보여 주고 싶었던 거였어! 그런 순수한 마음으로 행동한 결과, 슬픈 결말을 맞이했을 뿐이야! 던전이 말이지!

"그때는 진짜 대단했어~! 세이이치가 에잇~ 하고 검을 휘두르자 던전이 사라져 버렸어!"

"주인님이라면 당연한 귀결이죠. 그나마 세계를 배려했기에 그 정도로 끝난 거예요."

"저랑 똑같은 인간이 맞나요?"

"인간입니다."

사리아와 루루네의 말을 듣고 엘리스 씨는 한층 더 의심스럽다는 시선을 보냈다. 괘, 괜찮아. 나는 인간일 테니까. 확인하고 싶어도 스테이터스가 여행을 떠나서 확인할 수 없지만!

"뭐, 좋아요. 오히려 이렇게까지 전력이 갖춰져 있다면 아무것도 걱정할 필요가 없겠죠."

“맞아. —세이이치 군.”

“응?”

“그 아이…… 헬렌 양이 바르샤 제국에서 어떤 입장인지, 현재 어떤 감정을 품고 있는지, 오늘 처음 만난 나는 몰라. 그러니 예전에 알트리아 양에게 그랬던 것처럼…… 그 아이를 도와줘.”

“……응. 내 도움이 필요하다면, 나는 내가 할 수 있는 일을 할 거야.”

—이리하여 헬렌이 없는 동안 던전의 정보를 받은 우리는 알과 약속한 대로 『평온의 나무』로 향했다.

번외 조라의 일상

—저, 조라는 일생 대부분을 던전 안에서 보냈습니다.

제가 가진 특이한 체질…… 눈으로 본 것을 돌로 바꿔 버리는 능력 탓에 뱀족이 저를 던전에 봉인했기 때문입니다.

그 능력은 제 의지로는 제어할 수 없었고, 폭주한 끝에 부모마저 석화시키고 말았습니다.

그래서 저는 누구도 다치지 않도록 줄곧 눈을 감고 봉인당하는 길을 선택했습니다.

봉인당한 뒤로는 다른 사람들을 신경 쓸 필요가 없어져서 눈을 뜨니…… 차갑고 고요한 석실이었습니다.

방 안에는 저를 봉인하기 위한 십자가와 작은 횃불이 몇 개 놓여 있을 뿐이었습니다.

그런 방이었기에 저는 몰랐습니다.

이렇게나 넓고 맑은 『푸른 하늘』을…….

◆ ◇ ◆

"조라, 안녕!"

"아, 안녕하세요, 사리아 씨!"

웃으며 인사해 준 여성…… 사리아 씨에게 어떻게든 맞인사했습니다.

사리아 씨는 세이이치 씨의 아내로 매우 상냥한 사람입니다.

던전 안에서의 생활밖에 모르는 저를 언제나 신경 써 줍니다.

……계속 던전 안에서 지냈던 저는 세이이치 씨 덕분에 이렇게 밖에 나와서 푸른 하늘 말고도 여러 가지를 접했습니다.

바람의 감촉과 햇빛, 풀과 흙의 냄새, 사람의 온기…….

예전 같았으면 상상도 할 수 없었을 만큼 지금 저는 충실한 하루하루를 보내고 있습니다.

인사 습관도 제게는 신선했습니다.

여전히 인사가 바로 나오지는 않지만, 이렇게 조금씩 말을 나눌 수 있게 되는 건 무척 즐겁습니다.

그리고 무엇보다 제가 기뻤던 것은—.

"응응, 조라도 익숙해진 것 같네!"

"그, 그럴까요?"

"그럼~ 아, 빨리 안 가면 지각하겠다!"

"흐아아! 그, 그건 큰일이네요!"

—이렇게 꿈에 그리던 일상을 보낼 수 있는 것이겠죠.

제가 본 것은 가차 없이 돌이 됩니다.

이건 저주가 아니라 그저 체질이기에 누구도 막을 수 없었습니다.

그랬는데 단 하나의 아이템으로 이렇게 바뀌다니…… 여전히 놀랍습니다.

사리아 씨와 함께 교실에 도착하니 다른 학생들은 즐겁게 담소 중이었습니다.

"야, 오늘 머리 완전 잘되지 않았냐?!"

"뭐가? 평소랑 똑같잖아."

"하아?! 이 차이를 모르겠어?! 이 단단함을 보라고!"

"단단함을 눈으로 봐서 알겠냐!"

늘 옥신각신하면서도 이래저래 함께 있는 아그노스 군과 브루드 군.

아그노스 군은 항상 올곧습니다. 저는 아직 자신의 감정을 상대에게 잘 전달하지 못하기에, 자기 생각을 확실하게 말할 줄 아는 아그노스 군을 존경합니다.

브루드 군도 아그노스 군처럼 나름의 생각을 확실하게 가지고서 상대방에게 전합니다.

"레온. 그 문제, 답이 틀렸어."

"어? 저, 정말?"

"그래. 그 문제는 그게 아니라 이 식을 써야 해."

"그, 그렇구나! 고마워, 베어드 군!"

"천만에."

다른 곳에서는 레온 군과 베어드 군이 함께 복습하고 있었습니다.

레온 군은 저랑 조금 비슷한 느낌이 듭니다. 늘 뭔가에 겁을 먹고 사과하는 인상이지만, 그런 자신을 바꾸려고 노력해서 최근에는 웃는 모습을 자주 봅니다. 저도 보고 배워야겠죠!

베어드 군은 항상 차분한 모습이고, 모두를 상냥하게 지켜보는 듯한 안심감을 줍니다. 저, 저도 언젠가 다른 사람을 안심시키는 사람이 될 수 있을까요……?

"몇 번을 말해야 알아들을래! 그 문법은 그게 아니라 이거야!"

"저기~ 이쪽 문제도 답이 틀렸어요~."

"완벽하기로 정평이 난 저지만…… 남을 가르치는 데서 한계를 보게 될 줄은 몰랐어요."

"다들 가차 없네! 나 조만간 울어 버릴 거야!"

남학생들처럼 여학생들도 한곳에 모여 플로라 씨에게 공부를 가르쳐 주고 있는 것 같았습니다.

헬렌 씨는 자기주장을 확실하게 하지만, 그러면서도 상대방에 대한 배려와 상냥함이 느껴지는 멋진 아이입니다.

레이첼 씨는 늘 포근하고 부드러운 분위기여서 같이 있으면 온화한 기분이 듭니다.

이레네 씨는 타인에게 조금 엄격한 구석이 있지만 그 이상으로 본인에게도 엄격하고, 항상 완벽을 추구하는 모습은 정말로 대단합니다.

그리고 지금 공부를 배우고 있는 플로라 씨도 모두의 분위기를 밝게 만드는 멋진 분이어서 저도 몇 번이나 웃었습니다.

제가 교실에 들어왔을 때는 남녀로 그룹이 나뉘어 있었지만, 얼마 안 있어 두 그룹은 하나가 되어 다 같이 담소하게 되었습니다.

“공부해야 선생님들을 위해서도 좋은 점수를 받지. ……뭐, 다행히 네 성적 자체는 아직 보통이고, 아그노스만큼 가망이 없진 않지만…….”

“오, 나도 노력하고 있어!”

“적어도 교과서를 거꾸로 들지 않는 수준은 되어 줬으면 좋겠어.”

“어? 나 거꾸로 들었어?!”

“……이미 절망적이네.”

“이해했나? 그럼 이 바보를 가르칠 교사 역할을 한 명 늘려 줘.”

“으, 으음~ 역시 아그노스 군을 가르치는 건 좀~.”

“어? 나는 레이첼한테도 그런 취급이야?!”

“저도 지금 플로라를 가르치는 것만으로도 벅차요. 그리고 완벽한 저라도 아그노스 군의 학력을 올리는 건…….”

“이 정도면 나 울어도 되지 않을까?”

"너무 낙담하지 마! 나도 노력하고 있고, 같이 힘내자!"

선생님인 세이이치 씨가 올 때까지 다들 복습을 이어갔습니다.

저는 던전에서 나온 지 얼마 안 되기도 해서 시험을 칠 만한 학력이 없어 면제되었습니다.

공부도 그렇지만, 저는 지금까지 던전에 있었기에 이 세계의 상식조차 모릅니다.

그래서 우선 그것부터 배워 나가야 하지만…… 사리아 씨와 루루네 씨도 저처럼 조금 특수한 사정이 있어서 상식부터 배워야 한다는 이야기를 듣고 깜짝 놀랐습니다.

사리아 씨는 말을 나눠 보면 다른 사람들처럼 평범하게 대화하고, 원래는 저와 같은 이유로 시험에서 면제되어야 하지만, 이제는 이 반에서도 정상급의 학력이라고 하니 정말로 대단합니다.

루루네 씨에 관해서는 어째선지 다들 머리를 싸매고 있는 것 같지만, 그래도 저보다 공부를 잘해서 부러울 따름입니다.

그렇게 사이좋게 공부하는 학생들을 보고 있으니 플로라 씨가 저를 알아차렸습니다.

"아, 조라 씨! 조라 씨도 같이 공부 안 할래?"

"네? 하, 하지만…… 괜찮을까요? 폐가 되지 않을까요?"

"무슨 소리야! 폐가 될 리 없잖아! 그치?"

"응. 나도 괜찮아. 뭐, 플로라는 그저 아그노스랑 같이 혼나며 배우는 걸 견디지 못한 거겠지만."

"어, 어떻게 알았어?!"

"너무 얕은 생각이야……. 그리고 조라와 함께 공부하더라도 취급은 똑같아."

""뭐?!""

"왜 둘이서 놀라는 거야……. 조라에게 하나부터 가르치는 건 당연하지만, 너희는 지금까지 이 학교에서 공부했잖아."

"잖어!"

"들어도 이해가 안 돼!"

"응, 나중에 베아트리스 선생님에게 보고하지."

""그, 그것만큼은 참아 줘어어어어어어!""

필사적으로 애원하는 두 사람을 보고 저는 무심코 웃고 말았습니다.

그러자 뒤에서 사리아 씨가 다가와 제 어깨에 손을 얹었습니다.

"어때? 조라. 즐거워?"

"……네. 무척."

제가 이렇게 다른 사람들과 함께 즐겁게 대화할 수 있을 줄은 꿈에도 몰랐습니다.

이게 다 세이이치 씨가 저를 던전에서 해방하고 안경을 준 덕분입니다.

제 힘으로 세이이치 씨를 얼마나 도와드릴 수 있을지 모르겠지만, 그래도 세이이치 씨가 곤경에 처하면 도와드리고 싶습니다.

그것이 이렇게 따뜻한 『일상』을 손에 넣게 된 저 나름의 보은입니다.

모두가 즐겁게 담소하고, 거기에 세이이치 씨가 끼면서 더 시끌벅적해져서 저는 웃으며 『일상』을 음미했습니다.

번외 점술사가 본 세이이치

—그것은 돌연 찾아왔다.

나는 어릴 때부터 부모를 따라 점술사로서 전 세계를 여행하며 실력을 연마했다.

그리고 학교에 다닐 나이가 되어, 어느 나라에도 속하지 않은 바바드르 마법 학원에 다니기로 하고 이 학원의 학생이 되었다.

지금까지 점만 치며 살았기에 학원 생활은 매우 신선했다. 처음으로 점술에서 벗어나 생활하게 되었다.

그렇게 점술사의 재능을 쓰지 않고도 즐겁게 학원 생활을 보내고 있을 때…… 【마신교단】이라는 조직의 인간이 학원을 습격했다.

심지어 그 녀석은 위험한 사고방식을 가져서, 우리를 그냥 죽이는 게 아니라 게임 감각으로 죽이려 했다.

그리고 최악인 게…… 나는 그때 나를 포함한 전교생과 선생님에게서 『사상(死相)』을 보았다.

학생 중에는 두려워 떨면서도 누군가가 도와줄 거라고 믿으며 필사적으로 버티는 녀석도 있었다.

하지만 나는 그런 희망조차 가질 수 없었다.

이때까지 내가 『사상』을 본 횟수는 그렇게 많지 않지만…… 전부 적중했었기에 어쩔 도리가 없었다.

그리고 누가 봐도 알 수 있을 만큼 【마신교단】의 【사도】란 녀석은 강대해서 정말로 이 자리에서 죽겠구나 싶었다.

동료였을 터인 여자도 쓰레기처럼 취급하는 모습을 보면 우리를 어떻게 죽일지…….

이제 다 틀렸다. 바꿀 수 없다. 여기서 모두 죽는다.

그렇게 생각하고 포기했을 때였다.

"어? 이거 무슨 상황이야?!"

후드를 뒤집어쓴, 딱 봐도 수상한 남자가 갑자기 투기장 입구에 나타났다.

자세히 보니 그 남자는 S반의 담임을 일방적으로 유린했던 F반의 담임이었다. ……이것부터 이해가 안 된다. 왜 S반 선생보다 F반 선생이 더 강한 거야…….

어쨌든 투기장에서 일어난 참상을 F반 선생이 봤지만…… 이제 누가 와도 살해당하는 미래에서 도망칠 수는 없었다. 오히려 F반 선생까지…….

"엥?"

나는 눈을 의심했다.

지금까지 그렇게나 확실히 모두에게 보였던 『사상』이 순식간에 사라졌기 때문이다!

아무리 눈을 비벼도 『사상』이 보이지 않았다.

완전히 없어졌다.

상황을 이해할 수 없어서 혼란스러워하고 있는데 더 놀라운 일이 일어났다.

조금 전까지 절대적 강자로서 우리를 공포에 빠뜨렸던 【사도】에게서 한 번도 본 적 없는 터무니없는 『상』이 보였다.

『사상』처럼 죽는 건 아니지만, 죽는 것보다 더 무시무시하고 괴로운 일이 【사도】에게 닥칠 거라니…… 이해가 안 되는데?! 어떻게 생각해도 그런 미래가 올 리 없잖아!

왜냐하면 저 【사도】는 엄청나게 강대한 힘을—.

"아, 아아아, 아아아아아아아아아아아아아! 내 파아아아아아아아알?!"

어째선지 【사도】의 팔이 날아가 있었다.

아니, 아니, 아니! 무슨 일이 있었던 거야?! 아까까지 보였던 절대적 강자의 여유는 어디로 사라졌어?!

내 예상을 벗어난 일들이 연달아 일어났다.

나는 그걸 멍하니 바라볼 수밖에 없었지만, 정신 차리고 보니 어느새 F반 선생은 보이지 않았고, 그 대신 불쌍한 모습이 된 【사도】만 남아 있었다.

—이리하여 【마신교단】의 습격은 예상치 못한 일의 연속으로 막을 내렸으나 F반 선생이 어디로 사라졌는지는 알 수 없었다.

신경 쓰여서 점쳐 봤지만 『명계에서 수행 중』이라는 이해할 수 없는 결과만 나와서 결국 행방을 조사하는 건 포기했는데…… 어느새 평범하게 학교를 걸어 다니고 있었기에 내 안에서 F반 선생은 감당할 수 없는 존재가 되었다.

어차피 반도 다르고, 【마신교단】의 습격 같은 사건이 연속으로 일어날 리도 없으니 엮일 일은 없을 줄 알았다.

【마신교단】의 습격은 바바드르 마법 학원의 입장을 위태롭게 만들어서 많은 학생이 학원을 떠나게 되었고, 학원은 어두운 분위기에 휩싸였다.

그런 분위기를 불식하기 위해 학원장이 학원제를 열기로 하면서 우리 반도 부스를 내게 되었다.

내가 점을 칠 수 있다는 것을 안 급우들이 남들과는 다른 걸 하고 싶다고 해서 우리 반은 나를 주체로 한 【점술관】을 하게 되었다.

학원장이 노린 대로 나뿐만 아니라 다른 학생들도 학원제를 즐겼고, 특히 F반의 카페는 대단한 미남 미녀들의 반이라며 화제가 되었다. 하하, 폭발해 버려라!

약간 배알이 뒤틀린 상태로 손님을 기다리고 있으니— 조사하기를 포기했던 F반 선생이 나타났다.

"……?!"

왜 여기에?! 점 같은 것에 관심 있었냐!

그렇게 실례되는 생각도 했지만, 자세히 보니 엄청나게 예쁜 여자아이를 데리고 있었다. 응, 폭발해라!

일순 이성을 잃었으나 한 명 더 있었던 여자아이 덕분에 냉정해져서 나는 즉각 매뉴얼대로 대응하기 시작했다.

"오오, 우리 점술관에 오신 걸 환영합니다…… 이쪽으로 오시지요."

어쨌든 매뉴얼대로 두 사람을 안내했다.

"잘 오셨습니다. 무엇을 점쳐 드릴까요? 두 분의 상성? 미래? 아니면 본질?"

학원제 부스라서 간단한 점만 칠 수 있지만, 그래도 상성과 가벼운 미래, 본질 정도는 볼 수 있었다.

이 두 사람은 뭘 선택할까 싶었는데, 여자아이는 두 사람의 상성을, 예의 그 선생은 본질을 보겠다고 했다. 폭발하라고 생각하면서도, 본질을 볼 수 있는 건 더 바랄 나위가 없는 일이었다.

"그렇군요…… 알겠습니다. 그럼 먼저 아가씨가 말한 상성을 점치기로 하지요……!"

나는 그렇게 말하고서 두 사람의 머리 쪽으로 직접 손을 들었다.

응? 수정은 안 쓰냐고?

다들 자주 물어보지만, 나는 딱히 수정을 쓰지 않아도 점을 칠 수 있다. 애초에 수정의 필요성을 느끼지 못했다. 본격적으로 점을 친다면 수정이 아니라 다른 광석이나 마법진을 쓰는 게 주류였다.

하지만 수정을 두면 일반인에게는 그럴싸하게 보이고, 무엇보다 반응이 좋아서 놓아둘 뿐이었다.

아니나 다를까 선생도 수정 안 쓰냐고 태클을 걸었지만, 그러는 사이에 결과가 나왔다.

“두 분의 상성은 최고입니다! 이토록 상성이 좋은 조합은 본 적이 없습니다! 장래는 안녕합니다. 두 분에게는 앞으로도 밝은 미래가 기다리고 있겠죠! 영영 폭발해라, 제기랄!”

아니, 진짜로.

두 사람의 상성은 지금까지 계속 점을 쳤던 내가 봐도 단연코 가장 좋다는 결과가 나왔다. 영영 폭발해라!

다만 어째선지 『이 인간님과 고릴라님의 상성은 전 차원에서 최고로 좋습니다』라는 영문 모를 결과가 머릿속에 흘러들었는데…… 인간님이라니? 거기다 고릴라님? 누가? 어떻게 봐도 둘 다 인간이잖아. 게다가 전 차원이라니 얼마나 많은 존재와 비교하는 거야. 내 점은 어느새 차원을 뛰어넘었다.

점괘를 보고 고개를 갸웃하고 있으니 눈앞에서 두 사람이 염장을 지르기 시작했기에 강제로 막았다. 내 앞에서 염장 지르지 마아아아아아!

“어험! 크흠크흠! 여기서 염장 지르지 말아 주셨으면 좋겠군요!”

“아, 죄, 죄송합니다…….”

"뭐, 좋습니다. ……그럼 남성분의 본질을 보도록 하죠."

마침내 나는 눈앞에 있는 존재의 본질을 당당히 점칠 기회를 얻었다.

【마신교단】의 사도란 녀석에게 일어난 현상은 뭐였는지…… 그리고 본 적 없는 점괘가 계속 나온 이유는 뭐였는지.

그 답을 마침내 알게 될지도 모른다.

나는 묘하게 긴장하며 눈앞의 교사를 점치기 시작했고—.

"이게 뭐야아아아아아아아아아아아아?!"

절규했다.

절규할 수밖에 없었다.

그리고 본래 프로 점술가로서 해선 안 되는 행위지만, 내가 본 점괘가 얼마나 불합리한지 나도 모르게 따지고 말았다.

"다, 당신은 뭐야?! 그…… 뭐라고 말하면 좋을지 모르겠지만, 아무튼 엉망진창이야! 【인간】이라는 존재의 가능성이 전부 담겨 있고, 게다가 이 세상의 섭리에서 벗어난…… 아니, 그런 얘기가 아니야. 일개인이 수많은 세계 및 차원과 동렬 이상의 【개체】로서 동떨어져 있어! 아, 아니, 비교하는 것조차 실례야! 아아, 젠장! 내 어휘력으로는 설명할 수 없어! 누가 이걸 설명할 수 있겠어! 애초에 나는 뭘 점친 거지?! 인간이 아닌 거야?! 단순한 학원제 부스에 뭘 추구하는 거야!"

아니, 진짜로! 내가 점을 칠 줄 안다는 이유로 우리 반은 점술관을 한 건데, 그런 나의 정체성을 부수는 짓은 하지 말아 줄래요?!

내가 아무리 그렇게 외친들 점괘는 변함없었다.

오히려 내 허용 범위를 초월하여 계속해서 머릿속에 흘러들었다.

"아, 아무튼! 이 이상은 여기서 점칠 수 없어. 아니, 아무도 당신을 점칠 수 없어! 신 정도는 되어야…… 응응응?! 시, 신조차 알 수 없다고?! 그럼 이 녀석은 대체 뭐야아아아아아아아아아!"

이 이상 나를 혼란에 빠뜨리지 마아아아아아아아!

아무래도 선생과 여자아이는 내가 절규하는 동안 돌아간 것 같지만, 나로서는 정말로 고마운 일이었다.

같은 반 친구들에게는 미안하지만 이후 반 부스는 중지하자고 했다. 그만큼 나는 정신적으로 피곤했다.

친구들은 그런 나를 웃으며 용서해 줘서 나는 혼자 휴식에 들어갔다. 정말로 다들 좋은 녀석들이다.

혼자가 되어 다시금 아까 본 점괘를 생각했다.

그 녀석은 정체가 뭐지? 같은 인간인가? ……일단은 그런 것 같다.

다만 평범한 인간은 아니었다.

점괘가 말하길, 무슨 가능성? 이란 것이 전부 담긴…… 아니, 그 가능성이 지금도 커지고 있다고? 응, 이제 모르겠다.

이제 모르겠다고 하는데도 더더욱 혼란에 빠뜨리는 정보가 들어왔다.

그 녀석은 인간이지만, 내가 이해하기 쉽도록 말하자면 각 차원이나 세계선처럼 신들 이상의 【개체】로서 존재한다고 한다. 어디가 이해하기 쉽다는 거지?

그리고 알기 쉽게 말하려고 차원 및 세계와 같은 선상에 뒀지만, 아무래도 그 선생과 견줄 존재는 없는 모양이다. 어? 지금 인간에 관해 말하고 있는 거지? 다른 뭔가 아니야? 그거.

전지전능한 신조차 그 선생을 이해할 수는 없다고 한다. 전지전능이 무슨 뜻인지 아나요?

그 후로도 그 선생이 얼마나 대단한지 점괘가 끈질기게 이야기해서 『어라? 점이란 게 이렇게 자세히 알 수 있는 거였나?』 하는 생각이 들었지만, 보통은 이렇게 명확히 알 수 없었다.

지금까지 그렇게나 F반 선생을 알고 싶었는데 이제는 배가 터질 지경이었다.

결국 아무것도 알 수 없었고.

알아낸 것을 굳이 꼽자면, 모르겠다는 걸 알았다는 점이리라.

……아니, 하나 더 알아낸 것이 있다.

그건—.

"……그렇게 터무니없으면 인기가 많구나."

인기 많아지고 싶다, 제기랄!

나는 울면서 학원제 후반은 계속 쉬었다.

진화의 열매 9
~모르는 사이 성공한 인생~

초판 1쇄 발행 2022년 6월 10일

지은이_ Miku
일러스트_ U35
옮긴이_ 송재희

발행인_ 신현호
편집장_ 김승신
편집진행_ 권세라 · 최혁수 · 김경민 · 최정민
편집디자인_ 양우연
관리 · 영업_ 김민원

펴낸곳_ (주)디앤씨미디어
등록_ 2002년 4월 25일 제20-260호
주소_ 서울시 구로구 디지털로 26길 111 JnK디지털타워 503호
전화_ 02-333-2513(대표)
팩시밀리_ 02-333-2514
이메일_ lnovellove@naver.com
L노벨 공식 카페_ http://cafe.naver.com/lnovel11

ISBN 979-11-278-6474-3 04830
ISBN 979-11-5981-036-7 (세트)

값 7,800원